電車で行こう！

目指せ！　東急全線、一日乗りつぶし！

豊田 巧・作
裕龍ながれ・絵

JN167004

集英社みらい文庫

目次《もくじ》

高橋雄太《たかはしゆうた》
目指《めざ》しているのは電車《でんしゃ》の運転手《うんてんしゅ》！　電車《でんしゃ》に乗《の》るのが大好《だいす》きな小学五年生《しょうがくごねんせい》
的場大樹《まとばたいき》
目指《めざ》しているのは鉄道《てつどう》デザイナー！　データは完璧《かんぺき》＆おまかせの時刻表鉄《じこくひょうてつ》

森川《もりかわ》さくら
電車《でんしゃ》が好《す》きで勉強中《べんきょうちゅう》！ハリウッド映画《えいが》出演《しゅつえん》が決《き》まったアイドル兼女優《けんじょゆう》
今野七海《こんのななみ》
電車《でんしゃ》については初心者《しょしんしゃ》級《きゅう》！ 将来《しょうらい》はアテンダントになりたいお嬢《じょう》さま

1 おばあちゃんのお使《つか》い

まだ全然《ぜんぜん》、夏休《なつやす》み気分《きぶん》が抜《ぬ》けていない。

二学期《がっき》が始《はじ》まって、クラスのみんなと会《あ》えたのはうれしいけど、空《そら》にはまだ入道雲《にゅうどうぐも》がもくもく湧《わ》いていて暑《あつ》さはちっとも和《やわ》らいでいない。

なんていったって、夏休《なつやす》みみたいに毎日《まいにち》電車《でんしゃ》を見《み》にいけないのが、とっても残念《ざんねん》なんだよねぇ〜。

そんな九月《くがつ》の最初《さいしょ》の土曜日《どようび》——。

僕《ぼく》はいつものように、T3《ティースリー》のミーティングへ向《む》かっていた。

T3《ティースリー》は新横浜《しんよこはま》にあるエンドートラベルが作《つく》った、小学生《しょうがくせい》が電車《でんしゃ》で旅行《りょこう》するチームで『Train Travel Team《トレイン・トラベル・チーム》』のこと。

Ｔ３《ティースリー》のメンバーは、全員小学五年生《ぜんいんしょうがくねんせい》。

電車《でんしゃ》に乗《の》るのが大好《だいす》きな乗《の》り鉄《てつ》の僕《ぼく》、高橋雄太《たかはしゆうた》。

時刻表《じこくひょう》を見《み》ているだけで電車《でんしゃ》に乗《の》っている気分《きぶん》になれてしまう時刻表鉄《じこくひょうてつ》の、的場大樹《まとばたいき》。

電車《でんしゃ》が通《とお》ったらカメラを向《む》けずにいられない撮《と》り鉄《てつ》の、小笠原未来《おがさわらみらい》。

鉄道《てつどう》のことならなんでも知《し》りたい鉄道初心者《てつどうしょしんしゃ》の、今野七海《こんのななみ》ちゃん。

そして、スーパーアイドルで、僕《ぼく》らと出会《であ》ったことがきっかけで鉄道好《てつどうず》きになった、森《もり》川《かわ》さくらちゃん。

Ｔ３《ティースリー》は、この五人《にん》で活動《かつどう》している。

新横浜《しんよこはま》は、僕《ぼく》の住《す》んでいる橋本《はしもと》から横浜線《よこはません》に乗《の》って三十分《さんじゅっぷん》ちょっと。

横浜線《よこはません》の車両《しゃりょう》は、銀《ぎん》の車体《しゃたい》に緑《みどり》と黄緑《きみどり》のラインが横《よこ》に入《はい》っているＥ《イー》２３３系《けい》。

全《すべ》て新型《しんがた》のＥ《イー》２３３系《けい》に置《お》き換《か》わったから、どの電車《でんしゃ》もピカピカなんだよ。

新横浜《しんよこはま》では大《おお》きな改札口《かいさつぐち》の北口《きたぐち》ではなく、あまり人《ひと》の出入《でい》りが多《おお》くない篠原口《しのはらぐち》から外《そと》に出《で》る。

それから、両脇《りょうわき》にレトロな食堂《しょくどう》や喫茶店《きっさてん》が並《なら》んでいる通路《つうろ》を突《つ》き当《あ》たりまで歩《ある》く。

そこにある六階建《ろっかいだ》てのオンボロビルの四階《かい》に、エンドートラベルがあるんだ。

ビルも古《ふる》ければ、エレベーターも年代《ねんだい》もの。

ガタガタ音《おと》をたてながらゆっくり上昇《じょうしょう》するエレベーターに乗《の》っている時《とき》は、「頼《たの》むから止《と》まらないで〜」と思《おも》ってしまうけれど、扉《とびら》が開《ひら》いた瞬間《しゅんかん》にパッとテンションが上《あ》がっちゃう。

だって目《め》の前《まえ》の窓《まど》から、新横浜《しんよこはま》の新幹線《しんかんせん》ホームがズバーッと見下《みお》ろせるから。

そう！　このビルは新幹線《しんかんせん》ホームのすぐ前《まえ》に位置《いち》しているんだ。

鉄道《てつどう》ファンなら誰《だれ》だって興奮《こうふん》しちゃうよね。

「だから、この場所《ばしょ》に会社《かいしゃ》を作《つく》ったんだ。毎日《まいにち》、新幹線《しんかんせん》ホームを見《み》ていられるからね」

エンドートラベルの社長《しゃちょう》で駅弁鉄《えきべんてつ》の遠藤《えんどう》さんが、前《まえ》にそう言《い》っていた。これだけで、遠《えん》藤《どう》さんがどれだけ鉄道《てつどう》を好《す》きかってわかるでしょ。

僕《ぼく》は勢《いきお》いよくドアを開《あ》け、大声《おおごえ》で叫《さけ》んだ。

「おはようございまーーす!!」

遠藤《えんどう》さんや事務員《じむいん》のお姉《ねえ》さんたちが「おはよう〜」って、笑顔《えがお》で返《かえ》してくれる。

あれ？　今日《きょう》は忙《いそが》しいのかな？

僕《ぼく》に向《む》けた視線《しせん》をすぐに戻《もど》し、パソコンを打《う》ちこんだり左手《ひだりて》で電話《でんわ》を握《にぎ》り右手《みぎて》でメモをしたり、みんなものすごく忙《いそが》しそう。

僕《ぼく》は邪魔《じゃま》にならないようにその脇《わき》を通《とお》り抜《ぬ》け、奥《おく》の扉《とびら》のドアノブをドンと引《ひ》く。

僕《ぼく》らがいつもミーティングをやっているのは、この一番奥《いちばんおく》にある会議室《かいぎしつ》なんだ。

「おっはよ――う!!」

って、言《い》い終《お》わらないうちに、僕《ぼく》の口《くち》から思《おも》い切《き》り大《おお》きな声《こえ》が飛《と》び出《で》てしまった。

「うわぁ!!　うわぁ――――――――――――――!!」

驚《おどろ》いた原因《げんいん》は二《ふた》つ。

「おはよっ、雄太君《ゆうたくん》！」

そう言《い》って僕《ぼく》ににっこり微笑《ほほえ》んだ女《おんな》の子《こ》、それはさくらちゃんだったから。

さくらちゃんが、日本《にほん》に戻《もど》ってきているって連絡《れんらく》はもらっていたんだけど、今日《きょう》のミーティングに参加《さんか》するなんて全然《ぜんぜん》知《し》らなかった。

びっくりしちゃって、言葉《ことば》が口《くち》から出《で》てこない。

「なにをそんなに驚《おどろ》いとっと？」

出《で》た！　さくらちゃんのかわいい博多《はかた》弁《べん》。

さくらちゃんは博多出身で、あわてた時などについ故郷の博多弁になっちゃうんだ。

僕《ぼく》はばたつく心臓《しんぞう》に手《て》を当《あ》てて静《しず》まれと念《ねん》じ、唾《つば》をごくんと飲《の》みこみ、さくらちゃんの目《め》を見《み》つめた。

「まさか今日《きょう》、会《あ》えると思《おも》ってなかったよ。メールをくれれば、心《こころ》の準備《じゅんび》ができたのに」

「突然《とつぜん》でもいいでしょう？　私《わたし》だってT3《ティースリー》のメンバーだも～ん。それに、雄太君《ゆうたくん》のこんなにびっくりした顔《かお》が見《み》られるなんて……やった！　って感《かん》じ」

さくらちゃんは小《ちい》さくガッツポーズをして、キュッと右目《みぎめ》をつむった。

森川《もりかわ》さくらちゃんは、普通《ふつう》の小学生《しょうがくせい》じゃない。

日本《にほん》のスーパーアイドルで、ハリウッド映画《えいが》にも出演《しゅつえん》することが決《き》まった女優《じょゆう》さんでもある。それで今《いま》は、日本《にほん》とアメリカを往復《おうふく》するような生活《せいかつ》をしているんだ。

だからT3《ティースリー》のミーティングに毎回《まいかい》、参加《さんか》することはとてもできない。

仕事《しごと》がお休《やす》みの時《とき》だけ、参加《さんか》しているんだ。

そして、もう一《ひと》つの驚《おどろ》いたことは、七海《ななみ》ちゃんがゲストを連《つ》れてきていたこと。

僕《ぼく》はゲストに向《む》かってペコリと頭《あたま》を下《さ》げた。

「こんにちは！　七海《ななみ》ちゃんのおばあちゃん！」

「こんにちは。またお会《あ》いできてうれしいわ」

七海《ななみ》ちゃんと同《おな》じような栗色《くりいろ》の髪《かみ》をゆらしながら、おばあちゃんはやさしく微笑《ほほえ》んだ。

マロンカラーのシックなスーツに身《み》を包《つつ》み、同《おな》じ色《いろ》の帽子《ぼうし》を小粋《こいき》に被《かぶ》っている。

七海《ななみ》ちゃんとよく似《に》ていて、おばあちゃんも目鼻立《めはなだ》ちがハッキリしている。ほっそりとしていて手足《てあし》も長《なが》く、まるで外国《がいこく》の雑誌《ざっし》から抜《ぬ》け出《だ》したかのようなカッコよさだ。

フランス人《じん》の男性《だんせい》と結婚《けっこん》した七海《ななみ》ちゃんのおばあちゃんは、今《いま》はフランスに住《す》んでいる。

でも年《ねん》に一、二回《かい》、日本《にほん》に戻《もど》ってくるんだって。

僕《ぼく》らと七海《ななみ》ちゃんが知《し》り合《あ》ったのは、このおばあちゃんのおかげなんだ。

あの時《とき》、日本《にほん》へ帰《かえ》ってきたおばあちゃんと七海《ななみ》ちゃんの間《あいだ》に、ちょっとした行《い》き違《ちが》いが起《お》きちゃった。

七海《ななみ》ちゃんがおばあちゃんに謝《あやま》りたいと思《おも》ったのは、おばあちゃんがフランスに帰《かえ》る日《ひ》。

でも、もうおばあちゃんは新幹線《しんかんせん》で熱海《あたみ》から成田《なりた》に向《む》かっていて、普通《ふつう》に追《お》いかけたらとても間《ま》に合《あ》わなかった。そこで偶然出会《ぐうぜんであ》った僕《ぼく》らの知恵《ちえ》を総動員《そうどういん》して、無事《ぶじ》おばあちゃんに追《お》いついたってわけ。

（詳《くわ》しくは『電車《でんしゃ》で行《い》こう！　新幹線《しんかんせん》を追《お》いかけろ』を読《よ》んでね）

七海《ななみ》ちゃんが右《みぎ》の手《て》の平《ひら》を上《うえ》に向《む》けて、おばあちゃんに僕《ぼく》を紹介《しょうかい》する。

「彼《かれ》が雄太君《ゆうたくん》！」

「入《はい》ってきた時《とき》に、そうだろうなと思《おも》ったわ」

柔《やわ》らかな心地《ここち》よい響《ひび》きの声《こえ》だった。おばあちゃんの表情《ひょうじょう》は、自信《じしん》にみちあふれてキラキラ輝《かがや》いている。

前《まえ》に会《あ》った時《とき》は、ちょっと離《はな》れたところからだったから、実《じつ》はこんな風《ふう》に言葉《ことば》を交《か》わすのは初《はじ》めて。

「あなたのことは七海《ななみ》からたくさん聞《き》いているのよ」

「僕《ぼく》のことを？　七海《ななみ》ちゃんから？」

僕《ぼく》がきょとんとして聞《き》き返《かえ》すと、七海《ななみ》ちゃんは、おばあちゃんの右腕《みぎうで》をパシッとつかむ。

「おっ、おばあちゃん！」

おばあちゃんはふわっと笑《わら》って、七海《ななみ》ちゃんの手《て》に左手《ひだりて》をのせた。

「あら、いけなかった？」

「もう……よけいなことは言《い》わないで」

おばあちゃんが笑顔《えがお》で肩《かた》をすくめる。

「隣《となり》においでよ、雄太君《ゆうたくん》！」

「あ、そっ、そうだね……」

さくらちゃんの笑顔《えがお》に引《ひ》かれるようにして椅子《いす》に座《すわ》る。

会議室《かいぎしつ》の中央《ちゅうおう》には白《しろ》い大《おお》きなテーブルが置《お》かれている。

僕《ぼく》とさくらちゃんは、新幹線《しんかんせん》が見《み》える窓《まど》を背《せ》にして並《なら》んで座《すわ》った。さくらちゃんのもう一方《いっぽう》の隣《となり》に涼《すず》しい顔《かお》で座《すわ》っているのは、大樹《たいき》だ。そして僕《ぼく》の正面《しょうめん》の席《せき》にいるのは、七海《ななみ》ちゃんとおばあちゃん。

「あれ～未来《みらい》は？　また遅刻《ちこく》～？」

メンバーの一人《ひとり》、未来《みらい》の姿《すがた》がなかった。僕《ぼく》がちょっとぼやくような口調《くちょう》になったのは、未来《みらい》は待《ま》ち合《あ》わせによく遅刻《ちこく》するからだ。

大樹《たいき》は、カチャリと眼鏡《めがね》のフレームサイドに手《て》を当《あ》てて僕《ぼく》を見《み》た。

「今日《きょう》は欠席《けっせき》みたいだな」

「どうして？」

大樹《たいき》は壁《かべ》にかかったN《エヌ》700系《けい》のカレンダーにちらりと目《め》をやった。

「この季節《きせつ》だから、宿題《しゅくだい》が……」

「えーっもしかして、夏休《なつやす》みの宿題《しゅくだい》を、まだやってんの〜!?　ってか、終《お》わってなかったの!?」

もう九月《くがつ》に入《はい》って、二学期《がっき》がとっくに始《はじ》まっているのに!!

未来《みらい》、なにやってんの!?　そんなんで大丈夫《だいじょうぶ》なの!?

「今年《ことし》の夏休《なつやす》みは未来《みらい》さん、海外《かいがい》へ遠征《えんせい》に出《で》て相当忙《そうといそが》しかったらしい」

大樹《たいき》は、未来《みらい》をかばうように言《い》う。

「海外遠征《かいがいえんせい》って……まさかサッカー!?」

目《め》を丸《まる》くした僕《ぼく》に、大樹《たいき》がうなずく。

「ルヒタンシュタイン公国代表《こうこくだいひょう》として？」

「のようだな」

未来《みらい》は地元《じもと》の女子《じょし》サッカーチームでレギュラー選手《せんしゅ》として活躍《かつやく》している。それがある時《とき》、ルヒタンシュタイン公国《こうこく》の女子《じょし》サッカーチームに助《すけ》っ人《と》として参加《さんか》することになり、大使《たいし》館対抗親善試合《かんたいこうしんぜんじあい》で大活躍《だいかつやく》。それから未来《みらい》はルヒタンシュタイン公国女子《こうこくじょし》サッカーチームのレギュラーメンバーになり、毎回試合《まいかいしあい》に出場《しゅつじょう》しているんだ。

「ルヒタンシュタイン公国《こうこく》だけでなく、イタリアやフランスでも試合《しあい》したみたいだな」

それを聞《き》いた七海《ななみ》ちゃんのおばあちゃんが「あら……」と言《い》って、顔《かお》をあげた。

「そのニュース、地元《じもと》の新聞《しんぶん》に載《の》っていたわ」

『えーーーっ!?　フランスの新聞《しんぶん》にーーー!?』

驚《おどろ》きのあまり前《まえ》のめりになった僕《ぼく》らに、おばあちゃんはうなずく。

「ええ。確《たし》か『日本《にほん》から来《き》た女忍者《おんなにんじゃ》が、ヨーロッパ少女《しょうじょ》サッカートーナメントで大旋風《だいせんぷう》を巻《ま》き起《お》こしている』とか……そんな記事《きじ》だったと思《おも》うけれど。あの子《こ》がT3《ティースリー》のメンバーだったなんて、素晴《すば》らしいわね」

おばあちゃんは感心《かんしん》したようにフムフムとうなずく。

なにがどうなっているかわからないけど、未来《みらい》がこの夏《なつ》、サッカー選手《せんしゅ》としてヨーロッパで大活躍《だいかつやく》していたってことは本当《ほんとう》みたい。

「すごいなぁ未来《みらい》ちゃん、海外《かいがい》でサッカーだなんて……」

思《おも》わずつぶやいた七海《ななみ》ちゃんをおばあちゃんがやさしげに見《み》つめる。

「未来《みらい》さんは一人《ひとり》で飛行機《ひこうき》に乗《の》り、ヨーロッパまで行《い》ったそうですよ。もちろん、向《む》こうの空港《くうこう》にはルヒタンシュタイン公国《こうこく》のスタッフが迎《むか》えに来《き》てくれたそうですが……」

大樹《たいき》が言《い》い添《そ》える。

「ひとりで……心細《こころぼそ》くなかったのかな、未来《みらい》ちゃん」

「大丈夫《だいじょうぶ》。私《わたし》もアメリカを何度《なんど》も一人《ひとり》で往復《おうふく》しているけど、現地《げんち》のスタッフさんのサポートがあるから安心《あんしん》だよ」

さくらちゃんがそう言《い》うと、七海《ななみ》ちゃんがそうだったという表情《ひょうじょう》でうなずく。

「スタッフとのそういう会話《かいわ》って、全部英語《ぜんぶえいご》でやっているの？」

「もちろん、アメリカだからね。でも雄太君《ゆうたくん》も、向《む》こうで何《なん》か月《げつ》か暮《く》らせば、すぐに英語《えいご》をしゃべれるようになるよ。私《わたし》は、演技《えんぎ》も英語《えいご》でやらなくちゃならないから、毎日先生《まいにちせんせい》について必死《ひっし》にきれいな英語《えいご》を勉強《べんきょう》してるけど」

そんな話《はなし》を聞《き》いておばあちゃんが目《め》を細《ほそ》める。

「未来《みらい》ちゃんも、さくらちゃんも、世界《せかい》にはばたこうとしているのね。日本《にほん》に今《いま》、こんな素敵《すてき》な女《おんな》の子《こ》がいるって知《し》って、とてもうれしいわ」

さくらちゃんが頰《ほお》を染《そ》めて、おばあちゃんに軽《かる》く頭《あたま》を下《さ》げる。

「ありがとうございます。たぶん、夢《ゆめ》があるからがんばれるんだと思《おも》います。雄太君《ゆうたくん》も電《でん》車《しゃ》の運転手《うんてんしゅ》さんになるために、大樹君《たいきくん》もみんなが喜《よろこ》ぶ電車《でんしゃ》のデザインをする人《ひと》になるために、ものすごく勉強《べんきょう》しているよね」

「まあ、男《おとこ》の子《こ》たちも、大《おお》きな夢《ゆめ》に向《む》かって進《すす》んでいるのね」

「はい！」

大《おお》きな声《こえ》で答《こた》えた僕《ぼく》と大樹《たいき》を見《み》て、おばあちゃんは満足《まんぞく》げにうなずく。それから七海《ななみ》ちやんを見《み》た。

「七海《ななみ》の夢《ゆめ》は？　その夢《ゆめ》のためにがんばってる？」

七海《ななみ》ちゃんは目《め》をしばしばさせて、それからふっと視線《しせん》を落《お》とした。

「私《わたし》の夢《ゆめ》はアテンダントさんになること。それは確《たし》かなんだけど……勉強《べんきょう》っていわれても
……」

肩《かた》を落《お》として七海《ななみ》ちゃんは「はぁ」とため息《いき》をつく。

「じゃあミーティングをはじめようか。遠藤《えんどう》さんも忙《いそが》しそうだし」

僕《ぼく》が言《い》うと、みんなは『さんせー』と右手《みぎて》をつきだした。

T3《ティースリー》では毎月《まいつき》メンバーから会費《かいひ》を集《あつ》めている。

でも会費《かいひ》はあまり高《たか》くないから、毎週電車《まいしゅうでんしゃ》に乗《の》って出《で》かけることは難《むずか》しい。

だから、いつもはこうしてミーティングをして、電車《でんしゃ》について勉強《べんきょう》したり、鉄道《てつどう》についで話《はな》し合《あ》ったりしているんだ。

テーマとして一番多《いちばんおお》いのは新型列車《しんがたれっしゃ》に関《かん》すること。

こうした新情報《しんじょうほう》はたいてい大樹《たいき》が仕入《しい》れてくる。

「そういえば、『スーパーあずさ』は全《すべ》てE《イー》353系《けい》になったそうですよ」

今日《きょう》もやはり、大樹《たいき》が切りだした。

「E《イー》353系《けい》!?　そいはどげん電車《でんしゃ》?」

目《め》をキラキラさせながら、さくらちゃんがくいつく。

「白《しろ》い車体《しゃたい》に紫《むらさき》のラインが入《はい》った、とても美《うつく》しい特急車両《とっきゅうしゃりょう》ですよ」

さくらちゃんが振《ふ》り向《む》いて、僕《ぼく》を見《み》た。

「カッコよさそう〜!!　もう雄太君《ゆうたくん》は乗《の》ったの?」

「僕《ぼく》もまだ乗《の》っていないんだ。八王子駅《はちおうじえき》で見《み》かけただけ〜」

「そっかぁ。そんな新《あたら》しい特急《とっきゅう》に乗《の》って旅行《りょこう》へ出《で》かけたいね!」

さくらちゃんは、きゅっと肩《かた》をすぼめて、窓《まど》に広《ひろ》がる青《あお》い空《そら》に瞳《ひとみ》を向《む》ける。

「スーパーあずさは新宿《しんじゅく》〜松本間《まつもとかん》を走《はし》る特急列車《とっきゅうれっしゃ》だからさ、長野県《ながのけん》のほうで仕事《しごと》があったら、さくらちゃんは乗《の》れるかもしれないよ」

そう言《い》うと、さくらちゃんは少《すこ》し口《くち》をとがらせた。

「仕事《しごと》じゃなくって〜。私《わたし》はプライベートで旅行《りょこう》へ行《い》きたいの!　ね、雄太君《ゆうたくん》、行《い》きたいよね、一緒《いっしょ》に！」

「プッ、プライベート!?」

芸能人《げいのうじん》がよく使《つか》うような言葉《ことば》に、僕《ぼく》の心臓《しんぞう》はドクンと跳《は》ねあがる。

「仕事《しごと》やつまらんやろ～」

さくらちゃんが微笑《ほほえ》むと、大樹《たいき》がニヤリと笑《わら》う。

「雄太《ゆうた》。プライベートで僕《ぼく》らと旅行《りょこう》なんてしているところがマスコミに見《み》つかったら大変《たいへん》じゃないか？　特《とく》に、雄太《ゆうた》とさくらさんが二人《ふたり》でいるところだけを、写真週刊誌《しゃしんしゅうかんし》のカメラマンに撮《と》られたりしたら……ワイドショーのレポーターに追《お》い回《まわ》されるぞ」

頭《あたま》の中《なか》に、僕《ぼく》とさくらちゃんがレポーターとカメラマンにもみくちゃにされている姿《すがた》が浮《う》かんだ。

「いやいやいや！　そんなことにならないって！　みんなと一緒《いっしょ》に旅行《りょこう》に行《い》っているわけだし。別《べつ》に悪《わる》いことしてないしっ！」

僕《ぼく》は思《おも》い切《き》り否定《ひてい》したけど、さくらちゃんは小悪魔《こあくま》のようにくくっと笑《わら》いだす。

「そうかなぁ？　色々《いろいろ》と聞《き》かれちゃうかもよ～」

瞬時《しゅんじ》にレポーターに扮《ふん》したさくらちゃんは、右手《みぎて》をマイクにして僕《ぼく》の口元《くちもと》へ向《む》ける。

「雄太君《ゆうたくん》、森川《もりかわ》さくらちゃんとは、どういうご関係《かんけい》ですか？」

「いや……あの……さくらちゃんはＴ３《ティースリー》の特別《とくべつ》メンバーだから……」

すると、向《む》かい側《がわ》にいた七海《ななみ》ちゃんまでレポーターになっちゃう。

「では、今日《きょう》はＴ３《ティースリー》メンバーでの旅行《りょこう》ってことですね!?」

演技派《えんぎは》のさくらちゃんと七海《ななみ》ちゃんの芝居《しばい》に飲《の》みこまれて、額《ひたい》から冷《ひ》や汗《あせ》が流《なが》れてくる。

「そっ、そうです……」

さくらちゃんは周囲《しゅうい》をキョロキョロと見回《みまわ》す。

「でも、他《ほか》のメンバーは見当《みあ》たりませんが……」

右手《みぎて》をさらにグイッと前《まえ》へ出《だ》したので、僕《ぼく》は上半身《じょうはんしん》を後《うし》ろへのけぞらせた。

「いや……その……あの……」

僕《ぼく》があせっていると、大樹《たいき》までおもしろがって乗《の》ってくる。

「雄太《ゆうた》さん、ワイドニュースＶ《ヴイ》です。森川《もりかわ》さくらさんのことをどう思《おも》っているんですか？」

「どっ、どう思《おも》っている〜!?」

さくらちゃんはただでさえ大《おお》きな目《め》をさらに見開《みひら》いて、親指《おやゆび》を上《うえ》に向《む》けた。

「大樹君《たいきくん》、その質問《しつもん》はよかね!!」

向《む》かいの七海《ななみ》ちゃんは唾《つば》をゴクリと飲《の》みこみ、審査《しんさ》を待《ま》つような目《め》で僕《ぼく》の顔《かお》を見《み》つめている。

三人《にん》の真剣《しんけん》な視線《しせん》にさらされ、僕《ぼく》は万事休《ばんじきゅう》すだ。

「ぼっ、僕《ぼく》は……さくらちゃんのことを……」

『さくらちゃんのことを!?』

三人《にん》が詰《つ》めよった瞬間《しゅんかん》、僕《ぼく》はブルブルと両手《りょうて》を振《ふ》って、バーンと机《つくえ》に突《つ》っぷした。

「もっ、もうやめて――!! ゆっ、ゆるして～!!」

「なんや、男《おとこ》らしくなかね～」

「そこハッキリ言《い》わないとダメじゃない？　雄太君《ゆうたくん》」

さくらちゃんと七海《ななみ》ちゃんは、同時《どうじ》にプッと頬《ほお》を膨《ふく》らませた。

突然《とつぜん》、おばあちゃんの笑《わら》い声《ごえ》が大《おお》きく響《ひび》いた。

みんながおばあちゃんの顔《かお》を見上《みあ》げると、ふわりと笑《わら》ってちょっと遠《とお》い目《め》をした。

「あなたたちを見《み》ていると、なんだか昔《むかし》のことを思《おも》い出《だ》しちゃうわ」

「昔《むかし》のこと？」

「そう、私《わたし》が小学生《しょうがくせい》だったころ」

おばあちゃんが七海《ななみ》ちゃんにゆっくりうなずく。

今《いま》でもとってもきれいな七海《ななみ》ちゃんのおばあちゃんだけど、きっと小学生《しょうがくせい》の頃《ころ》は七海《ななみ》ちゃんみたいなびっくりするほどかわいい美少女《びしょうじょ》だったんだろうな。

おばあちゃんは昔《むかし》を懐《なつ》かしむように話《はな》しはじめる。

「ダニエルと初《はじ》めて会《あ》ったのは、小学生《しょうがくせい》の時《とき》なの」

「えっ！　おばあちゃんは、小学生《しょうがくせい》の頃《ころ》におじいちゃんと出会《であ》ったの？」

フランス人《じん》の七海《ななみ》ちゃんのおじいちゃんは「ダニエル」って名前《なまえ》なんだね。

「そうよ。まだ『夢《ゆめ》は誰《だれ》かが叶《かな》えてくれるもの』って思《おも》っていた小《ちい》さな少女《しょうじょ》だった……」

七海《ななみ》ちゃんは身《み》を乗《の》り出《だ》した。

「そう言《い》えば、おじいちゃんとおばあちゃんの出会《であ》いって、私《わたし》、何《なに》も知《し》らない。ねぇ、二人《ふたり》はどこで知《し》り合《あ》ったの？」

「そうね、いい機会《きかい》ね。だから教《おし》えちゃおうかな。私《わたし》たちが出会《であ》ったのは、蒲田《かまた》のサンライズ商店街《しょうてんがい》にあった『寅天堂《こうてんどう》』さんって和菓子屋《わがしや》さん……」

「ってことは……和菓子屋《わがしや》さんに二人共《ふたりとも》お客《きゃく》さんとして買《か》いに来《き》て……バッタリと？」

僕《ぼく》が聞《き》き返《かえ》すと、おばあちゃんは首《くび》を左右《さゆう》に振《ふ》る。

「ダニエルはその和菓子屋《わがしや》さんの職人《しょくにん》さんで、私《わたし》はお客《きゃく》さんだったのよ」

『えーっ!!　和菓子屋《わがしや》さんの職人《しょくにん》ー!?　フランス人《じん》で!?　しかも小学生《しょうがくせい》で!?』

僕《ぼく》ら四人《よにん》の驚《おどろ》きの声《こえ》が響《ひび》きわたる。

「ダニエルのお父《とう》さんはフランスでも有名《ゆうめい》なパティシエでね」

「パティシエ？」

首《くび》を傾《かし》げた僕《ぼく》に、大樹《たいき》が解説《かいせつ》してくれる。

「フランス語《ご》で『菓子職人《かししょくにん》』のことですよ」

「ダニエルも小学生《しょうがくせい》の時《とき》には『自分《じぶん》も将来《しょうらい》は父《とう》さんのようなパティシエになる』って決《き》めていて、お菓子《かし》の勉強《べんきょう》をするためにお父《とう》さんと一緒《いっしょ》に世界中《せかいじゅう》を回《まわ》って修業《しゅぎょう》していたのよ」

『すげぇー』

みんな口《くち》がポカーンと開《あ》いてしまう。

小学生《しょうがくせい》の時《とき》に将来《しょうらい》の夢《ゆめ》を決《き》めて、世界中《せかいじゅう》を回《まわ》って修業《しゅぎょう》を始《はじ》めていたなんて……。

「ヨーロッパでは当時《とうじ》、早《はや》くから自分《じぶん》の夢《ゆめ》を定《さだ》めて、小学生《しょうがくせい》のうちから職人《しょくにん》になる修業《しゅぎょう》をする子《こ》も少《すく》なくなかったの。そんなダニエルと色々《いろいろ》な話《はなし》をするうちに、私《わたし》もやりたいことを実現《じつげん》したいって気持《きも》ちになって、二十二歳《さい》のときに一人《ひとり》でフランスに渡《わた》ったの。そしてフランスの児童文学《じどうぶんがく》を翻訳《ほんやく》して日本《にほん》に紹介《しょうかい》する仕事《しごと》を選《えら》んだのよ」

みんなに向《む》かって、おばあちゃんはやさしく微笑《ほほえ》む。

「私《わたし》は本《ほん》を読《よ》むのが大好《だいす》きだったから……子《こ》どもたちに、おもしろい本《ほん》をたくさん紹介《しょうかい》したくて、今《いま》の仕事《しごと》を始《はじ》めたの……」

「おばあちゃん……」

七海《ななみ》ちゃんは、おばあちゃんを真剣《しんけん》な顔《かお》で見《み》つめている。

「小学生《しょうがくせい》の時《とき》の出会《であ》いが、それからのおばあちゃんの生《い》き方《かた》を決《き》めたってことなんですね」

つぶやくように言《い》った大樹《たいき》に、おばあちゃんが静《しず》かにうなずく。と、眉《まゆ》をあげて、おばあちゃんはパチンと指《ゆび》を鳴《な》らした。

「そんな話《はなし》をしていたら、急《きゅう》に寅天堂《こうてんどう》さんのどら焼《や》きを食《た》べたくなってきちゃった。そうだっ！　七海《ななみ》、明日《あした》、どら焼《や》きを買《か》ってきてくれない？　来週《らいしゅう》フランスへ戻《もど》る時《とき》、ダニエルへのお土産《みやげ》にしたら、きっと大喜《おおよろこ》びすると思《おも》うから！」

「寅天堂《こうてんどう》って、蒲田駅《かまたえき》にある和菓子屋《わがしや》さん？」

まばたきを繰《く》り返《かえ》しながらたずねた七海《ななみ》ちゃんにおばあちゃんがうなずく。

それから、おばあちゃんは僕《ぼく》ら全員《ぜんいん》の顔《かお》を見回《みまわ》した。

「T3《ティースリー》のみんな、明日《あした》の七海《ななみ》のお使《つか》いに付《つ》きあってあげてくれないかしら」

すかさず、大樹《たいき》がうなずく。

「僕《ぼく》は大丈夫《だいじょうぶ》です」

「もちろん、僕《ぼく》も！」

「私《わたし》も！　明日《あした》はオフだからね！　どら焼《や》きはいくつ買《か》ってくればいいんですか？」

おばあちゃんは優雅《ゆうが》に腕《うで》を組《く》んだ。

「そうねぇ〜、じゃあ、三十個《さんじゅっこ》買ってきてくれるかしら。私《わたし》の方《ほう》から寅天堂《こうてんどう》さんに『明日《あした》お昼頃《ひるごろ》に取《と》りに行《い》きます』ってお電話《でんわ》入《い》れておくから」

「わかりました、おばあちゃん」

そこでおばあちゃんは「あっ」と声《こえ》をあげた。目《め》がいたずらっ子《こ》のように光《ひか》る。

「ついでに元町《もとまち》の骨董店《こっとうてん》から『忘《わす》れ物《もの》』も受《う》け取《と》ってきてもらおうかしら……」

「忘《わす》れ物《もの》？」

七海《ななみ》ちゃんが聞《き》き返《かえ》すと、おばあちゃんは口元《くちもと》に笑《え》みをたたえてうなずく。

「……みんなの電車賃《でんしゃちん》は全《すべ》て私《わたし》が出《だ》しますから、心配《しんぱい》しないでね」

「やったぁ！」

明日《あした》、電車《でんしゃ》に乗《の》れるんだもん。鉄道《てつどう》好《ず》きなら飛《と》び上《あ》がるほどうれしくなっちゃうよね。

「それで元町《もとまち》と蒲田《かまた》って、どこにあるの？」

さくらちゃんはテヘヘと笑《わら》いながら僕《ぼく》の肘《ひじ》をつっついた。さくらちゃんは九州出身《きゅうしゅうしゅっしん》なので、関東《かんとう》の鉄道《てつどう》や町《まち》についてはまだよくわかっていないんだ。

僕《ぼく》は立《た》ち上《あ》がって棚《たな》まで歩《ある》き、色々《いろいろ》な資料《しりょう》の中《なか》から一枚《まい》の紙《かみ》を取《と》り出《だ》して、テーブルの真《ま》ん中《なか》にバンと置《お》いた。

これは東急《とうきゅう》の全路線《ぜんろせん》が載《の》っている路線図《ろせんず》！

「蒲田《かまた》と元町《もとまち》は、この東急線沿《とうきゅうせんぞ》いにある町《まち》だよ」

さくらちゃんが目《め》を走《はし》らせ、感心《かんしん》したようにつぶやく。

「うわぁ！　東急《とうきゅう》って大《おお》きいのねぇ～」

「うん。東京《とうきょう》から神奈川県《かながわけん》に渡《わた》って網《あみ》の目《め》のように走《はし》る大手私鉄《おおてしてつ》だからね。東西《とうざい》には大動脈《だいどうみゃく》の田園都市線《でんえんとしせん》、東横線《とうよこせん》、目黒線《めぐろせん》が走《はし》り、大《おお》きな町《まち》を南北《なんぼく》に通《とお》り抜《ぬ》ける大井町線《おおいまちせん》、東急多摩川線《とうきゅうたまがわせん》、池上線《いけがみせん》。それに、こどもの国線《くにせん》や世田谷線《せたがやせん》といった地域《ちいき》の足《あし》みたいな路線《ろせん》もあるんだ」

「へぇ～。東急《とうきゅう》だけで色々《いろいろ》なところへ行《い》けそうだね」

「そうなんだ。蒲田《かまた》は東急多摩川線《とうきゅうたまがわせん》と池上線《いけがみせん》の終点《しゅうてん》。元町《もとまち》は東横線《とうよこせん》からみなとみらい線《せん》に入《はい》って、一番西《いちばんにし》の端《はし》の元町《もとまち》・中華街駅《ちゅうかがいえき》のすぐ近《ちか》くだよ」

「蒲田《かまた》と元町《もとまち》って……ずいぶん離《はな》れているのねえ」

その瞬間《しゅんかん》、大樹《たいき》は自信満々《じしんまんまん》の顔《かお》で、眼鏡《めがね》の真《ま》ん中《なか》に右手《みぎて》の人差《ひとさ》し指《ゆび》と中指《なかゆび》を押《お》し当《あ》てた。

「でしたら、明日《あした》は『東急《とうきゅう》ワンデーオープンチケット』がいいですね」

『東急《とうきゅう》ワンデーオープンチケット？』

七海《ななみ》ちゃんとさくらちゃんが聞《き》き返《かえ》した。

大樹《たいき》は右手《みぎて》の人差《ひとさ》し指《ゆび》を立《た》てる。

「なんと！　東急線全線《とうきゅうせんぜんせん》が一日《にち》乗《の》り放題《ほうだい》になるお得《とく》なきっぷなんです」

「えーーーっ!?　この路線図《ろせんず》に載《の》っている東急線全線《とうきゅうせんぜんせん》が乗《の》り放題《ほうだい》なの!?」

七海《ななみ》ちゃんの目《め》は驚《おどろ》きで真《ま》ん丸《まる》だ。

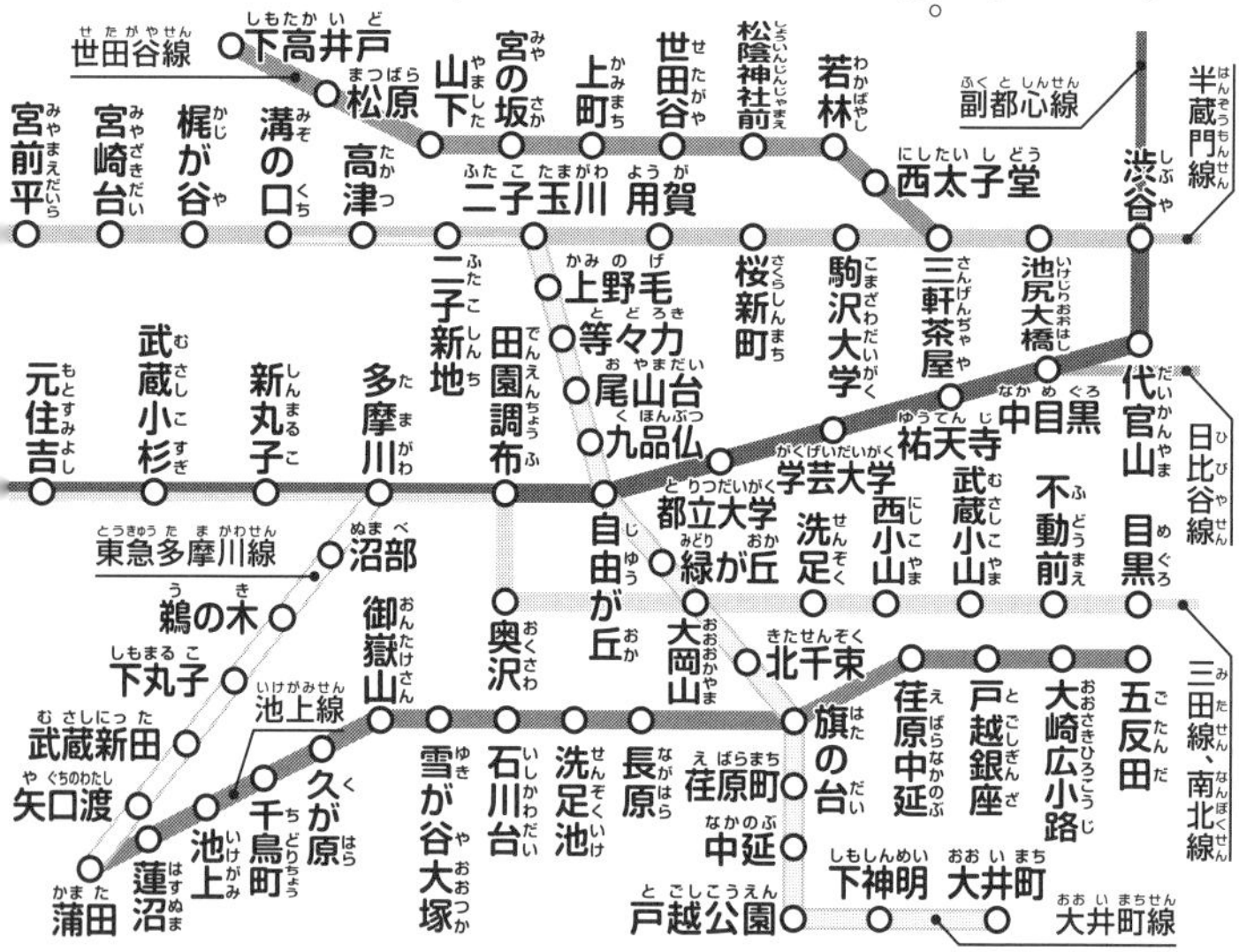

「でも〜お高《たか》いんでしょう〜？」

バラエティ番組《ばんぐみ》なれしているさくらちゃんが目《め》を細《ほそ》めて言《い》った。

「いえ……運賃《うんちん》は小人《こども》一人《ひとり》、たった三三〇円《えん》です」

それにはおばあちゃんも、さくらちゃんと七海《ななみ》ちゃんと一緒《いっしょ》に驚《おどろ》いた。

『えーーーっ!!　一日《にち》乗《の》り放題《ほうだい》で三三〇円《えん》ーー!?』

僕《ぼく》は『東急《とうきゅう》ワンデーオープンチケット』を一《いち》度《ど》使《つか》ったことがある。

「じゃあ、せっかくだし、明日《あした》は朝《あさ》から東急《とうきゅう》に乗《の》りまくろうよ！」

僕《ぼく》がニコリと笑《わら》いながら言《い》うと、みんなは

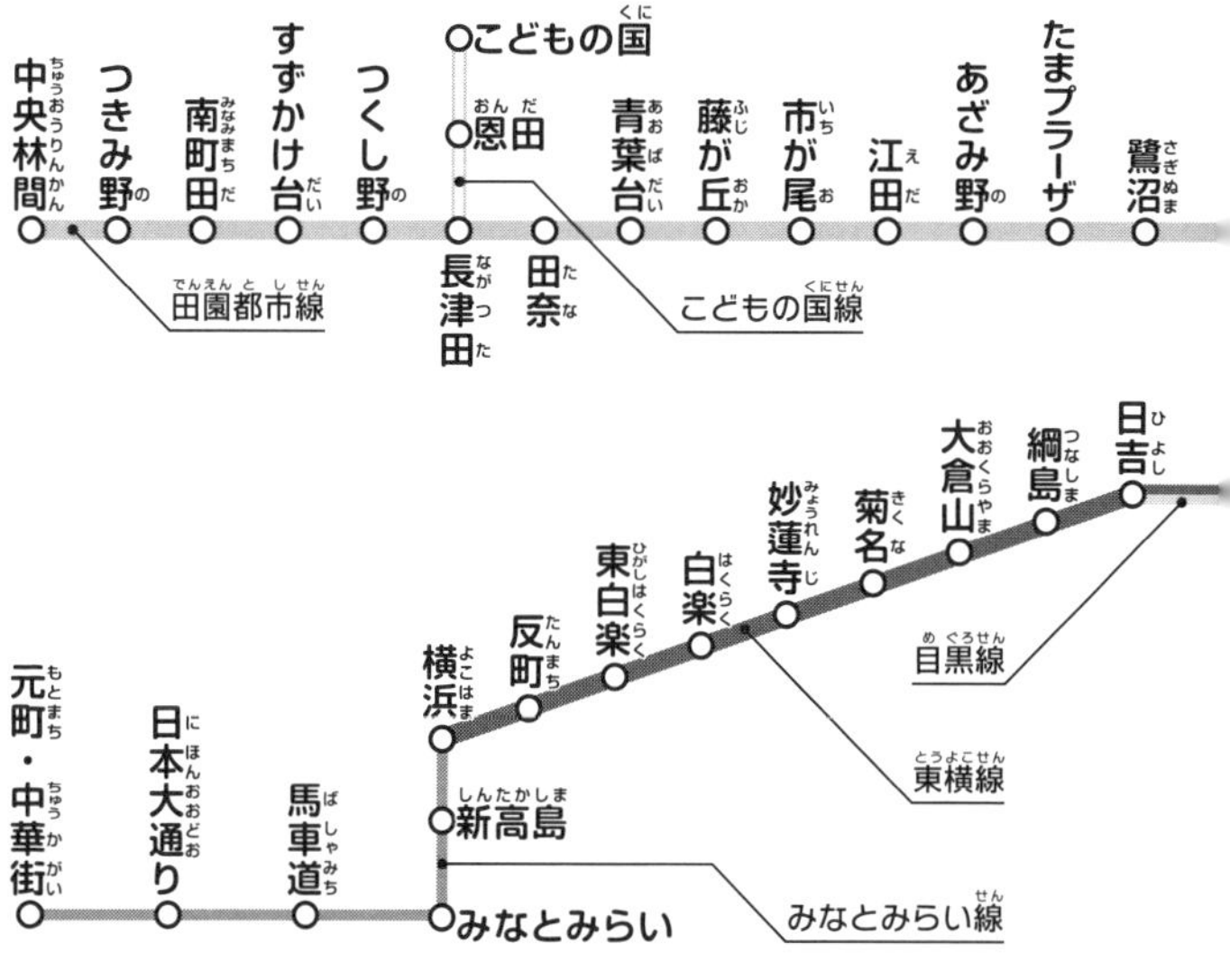

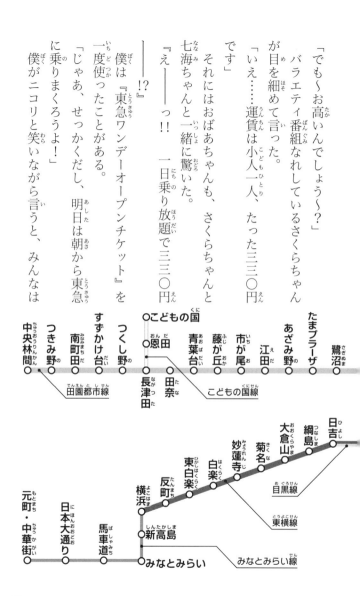

いっせいに手《て》を高《たか》く挙《あ》げた。

『さんせ――――!!』

七海《なな み》ちゃんはそのまま「はいはい！」と声《こえ》をあげて、身《み》を乗《の》り出《だ》す。

「だったら、大井町線《おお い まち せん》の案内《あん ない》は私《わたし》に任《まか》せて！」

鉄道初心者《てつ どう しょ しん しゃ》の七海《なな み》ちゃんだけど、今回《こん かい》は自信満々《じ しん まん まん》。

「そっか～七海《なな み》ちゃん、家《いえ》が自由《じ ゆう》が丘《おか》だから、大井町線《おお い まち せん》は地元《じ もと》だもんね」

「そうでーす!!　だから、おもしろ駅《えき》をいくつか紹介《しょう かい》できるよ～」

「大井町線《おお い まち せん》におもしろい駅《えき》があるの!?」

「それは楽《たの》しみですね!!」

僕《ぼく》と大樹《たい き》が顔《かお》を見合《み あ》わせて微笑《ほほ え》んだ。

「じゃあ、お昼《ひる》ご飯《はん》は私《わたし》に任《まか》せてもらっていいかな？」

さくらちゃんが七海《なな み》ちゃんに対抗《たい こう》するみたいにきっぱりと切《き》りだした。

「お店《みせ》、知《し》っているの？」

さくらちゃんは東横線《とう よこ せん》の「祐天寺《ゆう てん じ》」って駅《えき》に細《ほそ》い人差《ひと さ》し指《ゆび》をすっと置《お》く。

「この前《まえ》、バラエティ番組《ばんぐみ》の食事《しょくじ》レポートで行《い》ったんだけど……鉄道《てつどう》ファンの雄太君《ゆうたくん》なら、絶対《ぜったい》に喜《よろこ》んでくれるお店《みせ》だと思《おも》うよっ！」

「へえ、どんなお店《みせ》だろう!?　それも楽《たの》しみだなぁ」

二人《ふたり》の話《はなし》を聞《き》いて楽《たの》しくなってきた僕《ぼく》がニコニコしていると、テーブルの真《ま》ん中《なか》に向《む》かって、さくらちゃんと七海《ななみ》ちゃんが同時《どうじ》に腕《うで》を伸《の》ばして、手《て》を重《かさ》ねた。

「明日《あした》は、鉄道《てつどう》ファンのためのランチで決《き》まりよ――――!!」

「あの駅《えき》を見《み》たら、鉄道好《てつどうず》きは絶対《ぜったい》にびっくりしちゃうんだから!!」

七海《ななみ》ちゃんとさくらちゃんは、目《め》をバッチリ合《あ》わせた。

二人《ふたり》のあまりの気合《きあ》いの入《はい》りように、大樹《たいき》が引《ひ》き気味《ぎみ》な感《かん》じで手《て》をのせる。

「明日《あした》はなにも調《しら》べていかなくても……よさそうですね」

僕《ぼく》は最後《さいご》、一番上《いちばんうえ》に手《て》をのせて叫《さけ》んだ。

「よーし!!　明日《あした》は東急《とうきゅう》に乗《の》りまくるぞ～!!　ミッションスタート!!」

『お――――――――――――っ!!』

僕《ぼく》らは大声《おおごえ》をあげながら、それぞれの右手《みぎて》を宙《ちゅう》へ解《と》き放《はな》った。

僕《ぼく》は東急《とうきゅう》の路線図《ろせんず》を見《み》ながら、田園都市線《でんえんとしせん》の一番端《いちばんはし》を指差《ゆびさ》す。

「せっかくだから、明日《あした》は中央林間《ちゅうおうりんかん》から東急《とうきゅう》に乗《の》っていこう〜っと」

「中央林間《ちゅうおうりんかん》？」

さくらちゃんが路線図《ろせんず》を見《み》つめる。

「橋本《はしもと》からだと、横浜線《よこはません》の長津田《ながつた》で東急《とうきゅう》に乗《の》り換《か》えるのが一番早《いちばんはや》いんだけど、せっかく東《とう》急線乗《きゅうせんの》り放題《ほうだい》だから、田園都市線《でんえんとしせん》の端《はし》から乗《の》ってみようかな〜ってね」

路線図《ろせんず》を見《み》て「それ、いいねっ！」と胸《むね》の前《まえ》で手《て》を叩《たた》いたさくらちゃんは、

「そうだっ！　いいこと思《おも》いついちゃった」

と、つぶやく。

「なに？　いいことって？」

「そいは明日《あした》んお楽《たの》しみ！」

博多弁《はかたべん》に戻《もど》ったさくらちゃんは、無邪気《むじゃき》に笑《わら》いながら言《い》った。

2 東急《とうきゅう》を乗《の》りまくれ！

朝早《あさはや》く自宅《じたく》を出《で》た僕《ぼく》は、最寄《もよ》り駅《えき》の橋本《はしもと》に8時《じ》に到着《とうちゃく》。

階段《かいだん》を駆《か》け上《あ》がりコンコースを抜《ぬ》け、銀《ぎん》の自動改札機《じどうかいさつき》が並《なら》ぶJR《ジェイアール》橋本駅《はしもとえき》の改札口《かいさつぐち》を通《とお》り抜《ぬ》けようとした時《とき》、僕《ぼく》は右側《みぎがわ》で、腕《うで》を大《おお》きく振《ふ》っている女《おんな》の子《こ》に気《き》がついた。

「雄太《ゆうた》く〜ん!!」

「さっ、さくらちゃん!?」

なんと、橋本駅《はしもとえき》まで、さくらちゃんが僕《ぼく》を迎《むか》えにきてくれていたんだ。

これが昨日《きのう》さくらちゃんが思《おも》いついた「いいこと」だったらしい。

確《たし》かにミーティング後《ご》にメッセージが「明日《あした》は橋本発何時《はしもとはつなんじ》の電車《でんしゃ》に乗《の》ると？」と来《き》ていたけど、まさか、その時間《じかん》に合《あ》わせて来《き》てくれるとは思《おも》わなかった。

今日《きょう》のさくらちゃんの髪型《かみがた》は、少《すこ》し高《たか》い位置《いち》で結《むす》んだポニーテール。紺色《こんいろ》のテープで裾《すそ》や首《くび》まわりなどが縁《ふち》どられた半袖《はんそで》の白《しろ》いワンピースに、紺《こん》の細《ほそ》いラインが上下《じょうげ》に入《はい》った白《しろ》いベルトでウエストをきゅっとマークしている。

まるで、お嬢様学校《じょうさまがっこう》の制服《せいふく》みたい。

清楚《せいそ》で、すごくかわいくて、さくらちゃんにとっても似合《にあ》っている。

僕《ぼく》は急《いそ》いでさくらちゃんの側《そば》へ駆《か》けよった。

「わざわざ、橋本《はしもと》まで来《き》てくれたの――!?」

「うん。驚《おどろ》いた?」

「ものすごく!」

さくらちゃんに満面《まんめん》の笑《え》みが広《ひろ》がる。

「やったね! 早起《はやお》きしたかいがあったよ。といっても、今回泊《こんかいと》まっているホテルは新宿《しんじゅく》だから、京王線《けいおうせん》に乗《の》れば一時間《じかん》もかからなかったんだけどねっ」

両手《りょうて》を後《うし》ろに組《く》んださくらちゃんは「それにね~」と僕《ぼく》の顔《かお》を見上《みあ》げる。

「迎《むか》えにくれば、雄太君《ゆうたくん》と、その分《ぶん》だけ長《なが》く電車《でんしゃ》に乗《の》っていられるっちゃろ」

さくらちゃんと目《め》がばちんと合《あ》って、僕《ぼく》の顔《かお》がカッと熱《あつ》くなる。

「ありがとう。忙《いそが》しくて疲《つか》れているのに、ここまで来《き》てくれて」

僕《ぼく》がなんとかそう言《い》って微笑《ほほえ》むと、さくらちゃんもニコリと笑《わら》い返《かえ》してくれた。

その時《とき》、僕《ぼく》の耳《みみ》に周囲《しゅうい》の声《こえ》が入《はい》ってきた。

「あれ……森川《もりかわ》さくらじゃない？」

「えっ!?　F5《エファ》の!?　どうして、橋本《はしもと》に!?」

「あの横《よこ》にいる男《おとこ》の子《こ》は誰《だれ》？」

やばい……さくらちゃんだってことがバレたら、大騒《おおさわ》ぎになっちゃうよ。

僕《ぼく》の頭《あたま》に、レポーターに取《と》り囲《かこ》まれるさくらちゃんと僕《ぼく》の姿《すがた》がモヤモヤと湧《わ》き上《あ》がる。

僕《ぼく》はポケットから急《いそ》いでＰＡＳＭＯ《パスモ》の入《はい》った赤《あか》いパスケースを取《と》り出《だ》した。

「行《い》こう！　さくらちゃん」

「うん！」

さくらちゃんもあわててピンクのパスケースを取《と》り出《だ》し、自動改札機《じどうかいさつき》に当《あ》てる。

ピヨピヨと音《おと》がしてストッパーが開《ひら》いた瞬間《しゅんかん》に、僕《ぼく》らは橋本駅構内《はしもとえきこうない》へ飛《と》びこんだ。

正面《しょうめん》に並《なら》ぶ列車案内板《れっしゃあんないばん》に、次《つぎ》の東神奈川方面行《ひがしかながわほうめんいき》は2番線《ばんせん》と表示《ひょうじ》されている。

「さくらちゃん、こっち！」

2番線《ばんせん》と3番線《ばんせん》が並《なら》ぶホームへ下《お》りていくと、すでに左側《ひだりがわ》には電車《でんしゃ》が停《と》まっていた。

横浜線《よこはません》で使用《しよう》されている車両《しゃりょう》は、E《イー》233系《けい》の中《なか》の6000番台《ばんだい》と呼《よ》ばれるタイプ。

この6000番台《ばんだい》は、横浜線《よこはません》での運用《うんよう》のために造《つく》られた車両《しゃりょう》なんだ。

橋本始発《はしもとしはつ》の電車《でんしゃ》でガラガラだったから、僕《ぼく》らはロングシートの端《はし》っこに並《なら》んで座《すわ》る。

8時《じ》11分《ぷん》になると扉《とびら》が閉《し》まり、電車《でんしゃ》はウォンとモーター音《おん》を上《あ》げてゆっくりと東神奈川《ひがしかながわ》方面《ほうめん》へ向《む》けて走《はし》り出《だ》す。

さくらちゃんは、僕《ぼく》の頭《あたま》からつま先《さき》までじっと見《み》つめた。

「今日《きょう》は探検隊《たんけんたい》ルック？」

ズデッと滑《すべ》った僕《ぼく》は、ブゥと頬《ほお》をふくらませる。

「もう〜。さくらちゃんまで、妹《いもうと》の公香《きみか》と同《おな》じことを言《い》う〜」

まだまだ暑《あつ》いから、今日《きょう》の僕《ぼく》はイタリア軍《ぐん》のサファリシャツに、カーキの七分丈《しちぶたけ》スリムタイプのカーゴパンツというファッション。

この格好《かっこう》を見《み》た公香《きみか》に、出《で》かける時《とき》に「探検隊《たんけんたい》コント？」と突《つ》っこまれたんだ。もちろんこのコメントを発《はっ》した公香《きみか》の額《ひたい》には、関西《かんさい》の従妹《いとこ》・萌《もえ》の直伝《じきでん》チョップをお兄《にい》ちゃんとして叩《たた》きこんでおいたけど。

「これはアフリカとか暑《あつ》い場所《ばしょ》で、イタリア兵《へい》が着《き》ていた服《ふく》なのっ」

胸《むね》を突《つ》き出《だ》して僕《ぼく》が言《い》うと、

「探検隊《たんけんたい》と、どう違《ちが》うの？」

そう言《い》ってさくらちゃんが笑《わら》いだしちゃったから、思《おも》わず僕《ぼく》もつられちゃった。

「でも雄太君《ゆうたくん》、とっても似合《にあ》っているよ！」

「あっ……ありがとう」

僕《ぼく》は照《て》れながら答《こた》えた。

電車《でんしゃ》は相模原《さがみはら》、矢部《やべ》、淵野辺《ふちのべ》へと停車《ていしゃ》しながら進《すす》んでいく。

淵野辺《ふちのべ》で扉《とびら》が開《ひら》き、しばらくすると発車《はっしゃ》メロディが鳴《な》った。

「この駅《えき》の発車《はっしゃ》メロディって、ちょっと電車《でんしゃ》に関係《かんけい》あるんだよ」

「そうなの？」

「父《とう》さんが小《ちい》さい頃《ころ》に大《だい》ヒットした電車《でんしゃ》アニメ映画《えいが》の主題歌《しゅだいか》なんだって」

僕《ぼく》がニヒッと笑《わら》うと、さくらちゃんはフフッと笑《わら》う。

「そうなんだ。駅長《えきちょう》さんって楽《たの》しそう～」

「どうして？」

「だって、自分《じぶん》が昔好《むかしす》きだったアニメの曲《きょく》を発車《はっしゃ》メロディにしたんでしょ？」

「あ～確《たし》かにそうかも。でも、この曲《きょく》は駅周辺《えきしゅうへん》に住《す》んでる人《ひと》たちの要望《ようぼう》も強《つよ》かったみたいだけどね」

僕《ぼく》はそこでフッと思《おも》いつき、さくらちゃんを見《み》つめる。

「だったら……さくらちゃんも楽《たの》しみだね」

「私《わたし》が？　どうして？」

「だって、F5《エファ》の曲《きょく》って、アニメの主題歌《しゅだいか》にもなってるじゃん」

さくらちゃんは「あっ、そっか～!!」と口《くち》に右手《みぎて》を当《あ》てる。

「もしかすると大《おお》きくなった頃《ころ》に、どこかの駅長《えきちょう》さんが『これ子《こ》どもの頃好《ころす》きだったアニメだから』ってF5《エファ》の曲《きょく》を発車《はっしゃ》メロディにしてくれるかもしれないよ？」

それはマジで心《こころ》の底《そこ》から、うらやましい。

さくらちゃんは胸《むね》の前《まえ》でこぶしをきゅっとにぎる。

「いい！　それ最高《さいこう》だね！」

「そうなったらいいね〜!!」

父《とう》さんたちが子《こ》どもの頃《ころ》、夢中《むちゅう》になったアニメの主題歌《しゅだいか》の鳴《な》る中《なか》、電車《でんしゃ》の扉《とびら》はゆっくりと閉《し》まった。

淵野辺《ふちのべ》から古淵《こぶち》に停車《ていしゃ》し、僕《ぼく》らは町田《まちだ》の1番線《ばんせん》で下車《げしゃ》した。

ホーム中央《ちゅうおう》にあるエスカレーターに乗《の》ってコンコースに上《あ》がる。

町田駅《まちだえき》にはJR《ジェイアール》と小田急《おだきゅう》が走《はし》っているんだけど、駅《えき》は別々《べつべつ》で距離《きょり》にして約《やく》二〇〇メートル離《はな》れている。だから、乗《の》り換《か》えには五〜十分《じゅっぷん》くらいかかってしまう。

二階部分《かいぶぶん》にあるペデストリアンデッキと呼《よ》ばれる広《ひろ》い通路《つうろ》を通《とお》って、僕《ぼく》らは小田急線《おだきゅうせん》へ向《む》かった。

小田急町田駅《おだきゅうまちだえき》のおもしろいところは、東西南北《とうざいなんぼく》に改札口《かいさつぐち》があること。

コンコースのどっちへ向《む》かって歩《ある》いても改札口《かいさつぐち》があるんだよ。

西口改札《にしぐちかいさつ》から入《はい》って2番線《ばんせん》に上《のぼ》ると、銀《ぎん》の車体《しゃたい》に青《あお》いラインの入《はい》った電車《でんしゃ》がやってきた。先頭《せんとう》の行先表示《いきさきひょうじ》には、「快速急行《かいそくきゅうこう》　片瀬江ノ島行《かたせえのしまいき》」と書《か》いてある。

あまり混《こ》んでなかったので、僕《ぼく》らは空《あ》いていたロングシートに座《すわ》った。

「日曜日《にちようび》だから、電車《でんしゃ》の中《なか》はもっと人《ひと》でいっぱいなのかなって思《おも》ってたよ」

「東京《とうきょう》だと平日《へいじつ》の朝夕《あさゆう》は、すごい人《ひと》でラッシュになるんだけど、平日《へいじつ》の昼間《ひるま》や土日《どにち》の電車《でんしゃ》は、比較的混雑《ひかくてきこんざつ》していないところが多《おお》いんだよねぇ」

うっかり電車《でんしゃ》に乗《の》るとファンの人《ひと》たちに囲《かこ》まれちゃうから、さくらちゃんは新幹線《しんかんせん》や飛行機《ひこうき》には乗《の》るけど、それ以外《いがい》の時《とき》はたいてい車《くるま》で移動《いどう》するんだって。

町田《まちだ》を8時《じ》37分《ふん》に出発《しゅっぱつ》した片瀬江ノ島行快速急行《かたせえのしまいきかいそくきゅうこう》は、隣《となり》の相模大野《さがみおおの》にだけ停車《ていしゃ》して、次《つぎ》の停車駅《ていしゃえき》が目的地《もくてきち》の中央林間《ちゅうおうりんかん》。

《次《つぎ》は中央林間《ちゅうおうりんかん》……中央林間《ちゅうおうりんかん》です》

車内放送《しゃないほうそう》を聞《き》いたとたん、さくらちゃんの目《め》がキラリと輝《かがや》いた。

「中央林間《ちゅうおうりんかん》って名前《なまえ》の駅《えき》!?　ここだよね、乗《の》り換《か》えは！」

「そうだよ。ここで東急《とうきゅう》に乗《の》り換《か》えるんだ」

電車《でんしゃ》がホームに入《はい》った瞬間《しゅんかん》、さくらちゃんは素早《すばや》く立《た》ち上《あ》がる。

ドアがプシュと開《ひら》くとすぐ、さくらちゃんは飛《と》び出《だ》すようにホームに降《お》り立《た》つ。

そして高台《たかだい》のホームから身《み》を乗《の》り出《だ》して、ワクワクした雰囲気《ふんいき》で周囲《しゅうい》をキョロキョロと見回《みまわ》した。

「これのどこが、中央林間《ちゅうおうりんかん》なんや――!!」

走《はし》り出《だ》す快速急行《かいそくきゅうこう》からの風《かぜ》でゆれる髪《かみ》をおさえながら、さくらちゃんはそう叫《さけ》んだ。

さくらちゃんの澄《す》んだ声《こえ》が、周囲《しゅうい》の高《たか》い建物《たてもの》に吸《す》いこまれていく。

「中央林間《ちゅうおうりんかん》という名前《なまえ》なのに、森《もり》も林《はやし》も見《み》えないなんて!!」

「あ〜〜っ！　そういうことかぁ〜」

僕《ぼく》は吹《ふ》き出《だ》した。

さくらちゃんの言《い》うとおり、中央林間《ちゅうおうりんかん》という名前《なまえ》なのに駅《えき》の周辺《しゅうへん》は発展《はってん》していて、高《たか》いビルやマンションが建《た》ち並《なら》んでいる。

かわいく口《くち》をとがらせるさくらちゃんと肩《かた》を並《なら》べて歩《ある》きながら、僕《ぼく》は言《い》った。

「ここは元々《もともと》『林間都市計画《りんかんとしけいかく》』区域《くいき》の『中央地域《ちゅうおうちいき》』だったんだって」

「え〜っ！　だから『中央林間《ちゅうおうりんかん》』なの〜？　きれいな森《もり》に囲《かこ》まれていて、鳥《とり》の声《こえ》が聞《き》こえるような、自然《しぜん》のド真《ま》ん中《なか》にある駅《えき》だと思《おも》って期待《きたい》していたのにぃ」

「九州《きゅうしゅう》だと、そういう駅《えき》がたくさんあるもんね」

さくらちゃんの故郷《こきょう》である九州《きゅうしゅう》には、自然《しぜん》に囲《かこ》まれた駅《えき》も多《おお》いんだ。

「懐《なつ》かしかぁ九州《きゅうしゅう》……」

さくらちゃんは少《すこ》し遠《とお》い目《め》をしてつぶやいた。

中央林間《ちゅうおうりんかん》のホームの屋根《やね》は、派手《はで》なレモン色《いろ》に塗《ぬ》られているところが珍《めずら》しい。

駅《えき》は高台《たかだい》にあって、階段《かいだん》を下《お》りたところが改札口《かいさつぐち》だ。

青《あお》いストッパーのついた自動改札機《じどうかいさつき》がズラリと並《なら》んでいる改札口《かいさつぐち》を、僕《ぼく》はPASMO《パスモ》、さくらちゃんはSUGOCA《スゴカ》を当《あ》てて通《とお》り抜《ぬ》ける。

いつもどおり小人用《こどもよう》を示《しめ》すピヨピヨという音《おと》が鳴《な》った。

改札《かいさつ》を抜《ぬ》けて左《ひだり》へ向《む》かって歩《ある》くと、コンビニや立《た》ち食《ぐ》いそば屋《や》、コーヒーショップ、おむすび屋《や》、ハンバーガーショップなどが並《なら》んでいた。

そこを通《とお》り抜《ぬ》けた先《さき》に、東急《とうきゅう》の中央林間駅《ちゅうおうりんかんえき》がある。

ちなみに、東急《とうきゅう》の正式《せいしき》な会社名《かいしゃめい》は『東京急行電鉄株式会社《とうきょうきゅうこうでんてつかぶしきがいしゃ》』。

僕《ぼく》らは自動改札機《じどうかいさつき》の左《ひだり》に六台《だい》ほど並《なら》ぶ、自動券売機《じどうけんばいき》の前《まえ》に立《た》ち画面《がめん》を見《み》つめる。

「ここからは東急線《とうきゅうせん》だから、大樹《たいき》の言《い》っていたきっぷを買《か》わなくちゃ」

「東急《とうきゅう》ワンデーオープンチケットだね！」

さくらちゃんは速攻《そっこう》で答《こた》えた。

「東急《とうきゅう》ワンデーオープンチケットは、こどもの国線《くにせん》と世田谷線《せたがやせん》以外《いがい》の東急《とうきゅう》の全駅《ぜんえき》の自動販《じどうはん》売機《ばいき》で買《か》えちゃうんだよ」

「それは便利《べんり》だねっ！」

まずは画面《がめん》の左《ひだり》に並《なら》ぶボタンの一番下《いちばんした》にある「こども二人用《ふたりよう》」を押《お》す。

「確《たし》か……『その他《た》』の中《なか》だって言《い》っていたな」

自動券売機《じどうけんばいき》での買《か》い方《かた》は、ミーティング後《ご》に遠藤《えんどう》さんに教《おし》えてもらった。

画面右下《がめんみぎした》の「その他《た》」をタッチし、次《つぎ》の画面《がめん》で「おトクなきっぷ」をタッチすると、右《みぎ》上《うえ》の方《ほう》に「東急《とうきゅう》ワンデーオープンチケット　３３０」と表示《ひょうじ》される。

「本当《ほんとう》にめっちゃ安《やす》いよね～」

僕《ぼく》は激安価格《げきやすかかく》に驚《おどろ》きながら、七海《ななみ》ちゃんのおばあちゃんからもらったお金《かね》を入《い》れた。

お金《かね》を入《い》れて「購入《こうにゅう》する」ボタンを押《お》すと、取《と》り出《だ》し口《ぐち》にきっぷが二枚《まい》落《お》ちてくる。

きっぷはPASMO《パスモ》と同《おな》じくらいの大《おお》きさで、「東急《とうきゅう》ワンデーオープンチケット」とあり、その下《した》には今日《きょう》の日付《ひづけ》に続《つづ》いて「に限《かぎ》り有効《ゆうこう》」と大《おお》きく書《か》かれていた。

二人《ふたり》で自動券売機《じどうけんばいき》の上《うえ》にある大《おお》きな東急《とうきゅう》の路線図《ろせんず》を見上《みあ》げる。

「本当《ほんとう》にいいの？　三三〇円《えん》で、こんなに広《ひろ》いエリアの電車《でんしゃ》に一日中《にちじゅう》乗《の》って……」

「東急《とうきゅう》さんはサービス満点《まんてん》だからねっ！」

僕《ぼく》らは目《め》を見合《みあ》わせ、ニヤッと笑《わら》った。

「よぉーし!!　今日《きょう》は東急《とうきゅう》に乗《の》りまくるよー!!」

ピンクの自動改札機《じどうかいさつき》へ突《つ》き進《すす》んでいこうとしたさくらちゃんを僕《ぼく》はあわてて止《と》めた。

「あ、さくらちゃん！　自動改札機《じどうかいさつき》は水色《みずいろ》のところを通《とお》って！」

さくらちゃんはポニーテールをクルンとゆらして振《ふ》り返《かえ》る。

「どうして？」

僕《ぼく》は自動改札機《じどうかいさつき》の手前《てまえ》の部分《ぶぶん》を「ほら、よく見《み》て」と指差《ゆびさ》す。

「あれ？　きっぷを入《い》れる口《くち》がない」

「ピンクの自動改札機《じどうかいさつき》は『交通系《こうつうけい》IC《アイシー》カード専用《せんよう》』なんだよ。最近《さいきん》はこっちが増《ふ》えているんだ」

「IC《アイシー》カード専用《せんよう》の改札機《かいさつき》はピンク。きっぷもOK《オーケー》なのは水色《みずいろ》なのね」

「そういうこと」

水色《みずいろ》の自動改札機《じどうかいさつき》に入《い》れると、スルッと機械《きかい》の中《なか》を回《まわ》ったきっぷが取《と》り出《だ》し口《ぐち》に出《で》てくる。

きっぷには小《ち》さく「中央林間《ちゅうおうりんかん》」と日付《ひづけ》がスタンプされている。

僕《ぼく》がそれを受《う》け取《と》って通《とお》り抜《ぬ》けると、後《うし》ろからさくらちゃんが同《おな》じように続《つづ》く。

「今日《きょう》一日《にち》使《つか》うから、落《お》とさないでね」

「了解《りょうかい》で〜す」

さくらちゃんは額《ひたい》にちょこんと右手《みぎて》を当《あ》ててかわいく敬礼《けいれい》し、それから東急《とうきゅう》ワンデーオープンチケットをピンクのパスケースに入《い》れた。

僕《ぼく》も自分《じぶん》のパスケースにきっぷを収納《しゅうのう》。

きっぷを失《な》くさないように気《き》をつけるのは、鉄道《てつどう》ファンとして基本的《きほんてき》なマナーだからね。

正面《しょうめん》にあった駅《えき》そば屋《や》さんを見《み》ながら左《ひだり》へ歩《ある》き、エスカレーターで下《くだ》る。

中央林間《ちゅうおうりんかん》のホームは地下《ちか》にあり、左《ひだり》が1番線《ばんせん》で右《みぎ》が2番線《ばんせん》だ。

左《ひだり》の1番線《ばんせん》にいた銀《ぎん》の車両《しゃりょう》は、一部《いちぶ》がオレンジに塗《ぬ》られていた。

「東武《とうぶ》50050型《がた》だっ！」

「東武《とうぶ》？　東武《とうぶ》って浅草《あさくさ》から日光《にっこう》とかへ行《い》く鉄道会社《てつどうがいしゃ》じゃなかった？」

さくらちゃんは首《くび》をかしげながらつぶやく。

「そうだよ。ここから続《つづ》く東急田園都市線《とうきゅうでんえんとしせん》は、渋谷《しぶや》から相互乗《そうごの》り入《い》れしている東京《とうきょう》メトロ半蔵門線《はんぞうもんせん》を通《とお》って、押上《おしあげ》から東武《とうぶ》スカイツリーラインに入《はい》るんだよ」

「うわぁ～ややこしか～」

眉《まゆ》を寄《よ》せて、さくらちゃんは博多弁《はかたべん》で言《い》った。

僕《ぼく》は車両側面《しゃりょうそくめん》の行先表示板《いきさきひょうじばん》を指差《ゆびさ》す。

「だから、行《い》き先《さき》は『各駅停車《かくえきていしゃ》　南栗橋行《みなみくりはしいき》』になっているでしょ」

「それって、どこにあるの？」

「東武日光線《とうぶにっこうせん》で、場所《ばしょ》は埼玉県《さいたまけん》だよ」

「神奈川《かながわ》から東京《とうきょう》を抜《ぬ》けて、埼玉《さいたま》まで行《い》くんだぁ」

「そう。だから東武鉄道《とうぶてつどう》の車両《しゃりょう》の車内広告《しゃないこうこく》には『これって、いったいどこのお店《みせ》!?』って全然《ぜんぜん》わからないものもあるよ」

「どのくらい時間《じかん》がかかるのかなぁ。神奈川《かながわ》から埼玉《さいたま》までって」

大樹《たいき》みたいに正確《せいかく》には覚《おぼ》えていない僕《ぼく》は、うろ覚《おぼ》えで答《こた》える。

「たぶん……二時間半《じかんはん》くらいかなぁ。各駅停車《かくえきていしゃ》だからね」

「にっ、二時間半《じかんはん》!?　ほんにすごかね！」

「そんな楽《たの》しいルートで中央林間《ちゅうおうりんかん》から南栗橋《みなみくりはし》まで乗《の》っていくのは、鉄道《てつどう》ファンだけだと思《おも》うけどね」

時計《とけい》を確認《かくにん》すると、待《ま》ち合《あ》わせの電車《でんしゃ》までには、まだ時間《じかん》があった。

僕《ぼく》らが乗《の》る電車《でんしゃ》は9時《じ》6分《ぷん》、久喜行急行《くきいききゅうこう》！

それまでの時間《じかん》を有効《ゆうこう》に使《つか》わなくちゃ。

「そうだ！　さくらちゃん、田園都市線《でんえんとしせん》の端《はし》を見《み》ておく？」

「線路《せんろ》の果《は》て!? 見《み》たい! 見《み》たい!」

さくらちゃんがぴょんと飛《と》び上《あ》がった。

十《じゅう》メートルほど奥《おく》に行《い》くと、南栗橋行《みなみくりはしいき》の最後尾《さいこうび》の少《すこ》し向《む》こうのレールの真《ま》ん中《なか》に四角《しかく》に「×《バツ》」みたいな模様《もよう》が書《か》かれた頑丈《がんじょう》そうな車止《くるまど》めがデンと置《お》かれていた。

レールの先《さき》はコンクリートでしっかりとふさがれていて、中央林間《ちゅうおうりんかん》から先《さき》へ延長《えんちょう》する予《よ》定《てい》がないってことが、その状態《じょうたい》から伝《つた》わってくる。

「線路《せんろ》の端《はし》ってこうなっているんだ」

「そう。この車止《くるまど》めが田園都市線《でんえんとしせん》の端《はし》ってことだよ」

「私《わたし》、こういう場所《ばしょ》を見《み》るのは初《はじ》めてかも!」

マジマジと車止《くるまど》めを見《み》つめていたさくらちゃんはケータイを取《と》り出《だ》すと、パチリと撮影《さつえい》した。

「あとでブログに上《あ》げちゃお〜っと」

しっかりと線路《せんろ》の端《はし》を見学《けんがく》した僕《ぼく》らは、今度《こんど》は先頭方向《せんとうほうこう》へ向《む》かう。

田園都市線《でんえんとしせん》の車両《しゃりょう》は、だいたい十両編成《じゅうりょうへんせい》なので二〇〇メートルくらい。

《お待《ま》たせしました。1番線《ばんせん》から南栗橋《みなみくりはし》行《いき》各駅停車《かくえきていしゃ》が発車《はっしゃ》します》

機械《きかい》の女性《じょせい》の声《こえ》のアナウンスが天井《てんじょう》スピーカーから聞《き》こえる。

フルフルフルフルフルフルフルフルフル……。

中央林間《ちゅうおうりんかん》はメロディではなく電子音《でんしおん》による発車《はっしゃ》ベル。

発車《はっしゃ》ベルが鳴《な》り終《お》わると、後方《こうほう》から車掌《しゃしょう》さんの笛《ふえ》の音《おと》が聞《き》こえてドアが閉《し》まる。

グウゥゥゥ……ガタン……ゴトン……ガタン……ゴトン……。

東武《とうぶ》50050型《がた》は二時間半《じかんはん》の彼方《かなた》にある南栗橋《みなみくりはし》を目指《めざ》して出発《しゅっぱつ》していく。

僕《ぼく》らはホームの一番先頭《いちばんせんとう》で足《あし》を止《と》めた。

ここは入線《にゅうせん》してくる電車《でんしゃ》がよく見《み》えるスポットなんだ。

数分《すうふん》おきにトンネルの向《む》こうから電車《でんしゃ》が走《はし》ってきて、目《め》の前《まえ》で左《ひだり》の1番線《ばんせん》か、右《みぎ》の2番《ばん》線《せん》に分《わ》かれて入《はい》っていく。大迫力《だいはくりょく》の光景《こうけい》だ。

やがて、1番線《ばんせん》に銀《ぎん》の車体《しゃたい》に紫《むらさき》のラインがズバッと入《はい》った東京《とうきょう》メトロ半蔵門線《はんぞうもんせん》の8000系《けい》がやってきた。

正面左寄《しょうめんひだりよ》りに窓《まど》のない大《おお》きな貫通扉《かんつうとびら》を持《も》つアシンメトリーな8000系《けい》は、父《とう》さんが子《こ》どもの頃《ころ》から走《はし》っているレトロ車両《しゃりょう》だけど、僕《ぼく》はこういう車両《しゃりょう》も大好《だいす》き。

「うわ、かわいい」

さくらちゃんが振《ふ》り向《む》いてニコッと微笑《ほほえ》む。

「こういうレトロ感《かん》のある地下鉄《ちかてつ》もいいよねぇ」

「昔《むかし》から走《はし》っている電車《でんしゃ》って、やっぱり懐《なつ》かしいような不思議《ふしぎ》な感《かん》じがするよね」

「確《たし》かにそうだね。ヘッドライトが大《おお》きいからかな？」

そんな話《はなし》をしながら正面《しょうめん》を撮影《さつえい》し、僕《ぼく》らはゆっくりと先頭車《せんとうしゃ》に入《はい》った。

８０００系《けい》のロングシートは半蔵門線《はんぞうもんせん》のラインカラーである紫色《むらさきいろ》。

シートの両脇《りょうわき》には白《しろ》い化粧板《けしょういた》が立《た》てられているけど、最近《さいきん》のものより少《すこ》し小《ちい》さな感《かん》じ。

天井《てんじょう》から下《した》に向《む》かって伸《の》びた太《ふと》い丸《まる》パイプがシートの場所《ばしょ》をハッキリわけていた。

「中《なか》もちょっぴりレトロな感《かん》じがする……」

「かなりリニューアルされたけど、元々《もともと》の製造《せいぞう》が古《ふる》いからね～」

さくらちゃんは通路《つうろ》の上《うえ》から下《さ》がっているカラフルな吊《つ》り広告《こうこく》を指《ゆび》さす。

「……車内広告《しゃないこうこく》は東京都内《とうきょうとない》のものばかりね」

「これは東京《とうきょう》メトロの車両《しゃりょう》だからね」

「そっかー。車内広告《しゃないこうこく》も電車《でんしゃ》によって違《ちが》うのね。注意《ちゅうい》して見《み》ると、おもしろいかも」

「鉄道《てつどう》ファンとしては、そこもチェックしておかないとね！」

僕《ぼく》らは一番先頭《いちばんせんとう》の左側《ひだりがわ》のロングシートに並《なら》んで座《すわ》る。

ここには座《すわ》ったのは、みんなとの待《ま》ち合《あ》わせをこの場所《ばしょ》にしておいたからだ。

9時《じ》6分《ぷん》、久喜行急行《くきいききゅうこう》が中央林間《ちゅうおうりんかん》を発車《はっしゃ》した。

ちなみに久喜《くき》も、東武日光線《とうぶにっこうせん》の南栗橋《みなみくりはし》近《ちか》くにある駅《えき》で、こちらも埼玉県《さいたまけん》。

中央林間《ちゅうおうりんかん》を出発《しゅっぱつ》すると、電車《でんしゃ》はすぐに地上《ちじょう》に出《で》る。

車内《しゃない》には強《つよ》い日射《ひざ》しが入《はい》りこみ、シート横《よこ》の銀《ぎん》のパイプがキラキラと光《ひか》った。

急行列車《きゅうこうれっしゃ》なので南町田《みなみまちだ》に停車《ていしゃ》したあとは、長津田《ながつた》までノンストップ。

つくし野駅《のえき》を通過《つうか》して、右《みぎ》へカーブしながら横浜線《よこはません》をまたぐ。

長津田駅《ながつたえき》の前後《ぜんご》では、横浜線《よこはません》と田園都市線《でんえんとしせん》が並走《へいそう》するように走《はし》るんだ。

左《ひだり》に長津田検車区《ながつたけんしゃく》がチラリと見《み》えたかと思《おも》うと、そこに停《と》まっている銀色《ぎんいろ》の車体《しゃたい》に赤《あか》ラインの入《はい》った車両《しゃりょう》が目《め》に飛《と》びこんできた。

3

田園都市線《でんえんとしせん》のひみつ

長津田《ながつた》のホームに電車《でんしゃ》がすべりこむと、一番前《いちばんまえ》の扉《とびら》の前《まえ》に立《た》つ大樹《たいき》の姿《すがた》が見《み》えた。

大樹《たいき》の家《いえ》の最寄《もよ》り駅《えき》は横浜市営地下鉄《よこはましえいちかてつ》のセンター南《みなみ》。だから地下鉄《ちかてつ》で中山駅《なかやまえき》まで行《い》き、横浜線《よこはません》に乗《の》り換《か》えて長津田《ながつた》までやってきたはず。

プシュと扉《とびら》が開《ひら》くや、大樹《たいき》がちょこんと頭《あたま》を下《さ》げながら車内《しゃない》に入《はい》ってくる。

「おはようございます」

『おっはよ――――!!』

僕《ぼく》とさくらちゃんは、ピタリと声《こえ》を合《あ》わせてあいさつをする。

カーキのチノパンに白《しろ》いボタンダウンシャツを合《あ》わせた大樹《たいき》は、今日《きょう》もやっぱり大人《おとな》っぽい。

うん？　どうして、そんな物《もの》を？

大樹《たいき》がぶら下《さ》げているものに、僕《ぼく》は目《め》を奪《うば》われた。

というのも幅《はば》四〇センチくらいのアルミ製《せい》のスーツケースを持《も》っていたんだ。

泊《と》まりで旅行《りょこう》へ行《い》くわけでもないのに。しかもなぜかすごく軽《かる》そう。

「大樹君《たいきくん》って、いつもコーデがカッコイイよね」

「シンプル過《す》ぎて地味《じみ》になってなければ、いいのですが……」

「とっても似合《にあ》っているよ！」

「ありがとうございます、さくらさん」

大樹《たいき》は照《て》れくささを隠《かく》すように、眼鏡《めがね》に右手《みぎて》を当《あ》てた。

ロングシートの端《はし》に僕《ぼく》が座《すわ》っていたので、大樹《たいき》はさくらちゃんの向《む》こう側《がわ》に座《すわ》る。

ドアが閉《し》まり、電車《でんしゃ》は再《ふたた》びスルスルと走《はし》り出《だ》した。

田園都市線《でんえんとしせん》は上下線《じょうげせん》一本《いっぽん》ずつの複線《ふくせん》だ。

なるべく線路《せんろ》のアップダウンを減《へ》らして平坦《へいたん》にするために、田園都市線《でんえんとしせん》では丘陵《きゅうりょう》を切《き》り通《どお》しにしたり、トンネルを造《つく》ったり、谷《たに》になっている場所《ばしょ》は高架線《こうかせん》にしている。

そのため、高架《こうか》の上《うえ》か、両側《りょうがわ》が斜面《しゃめん》になっている溝《みぞ》の底《そこ》のようなところを走《はし》っていることが多《おお》いんだ。

高架《こうか》を走《はし》っていると、二階建《かいだ》ての住宅《じゅうたく》やアパートがずっと続《つづ》いているのがよく見《み》える。

途中《とちゅう》の停車駅《ていしゃえき》は青葉台《あおばだい》、あざみ野《の》、たまプラーザと続《つづ》く。

「二人《ふたり》は『たまプラーザ』の駅名《えきめい》の由来《ゆらい》を知《し》っていますか？」

たまプラーザ駅《えき》を発車《はっしゃ》した時《とき》、大樹《たいき》が思《おも》い出《だ》したように言《い》った。

あっ、それは僕《ぼく》も知《し》らないかも。よく使《つか》う路線《ろせん》の駅名《えきめい》のことって、実《じつ》はよく知《し》らなかったりするんだよね。

僕《ぼく》が首《くび》を横《よこ》に振《ふ》ると、大樹《たいき》は銀《ぎん》のスーツケースを開《ひら》いて中《なか》からいつも使《つか》っている茶色《ちゃいろ》の革手帳《かわてちょう》を取《と》り出《だ》したんだけど、ここで意外《いがい》なことが起《お》こった。

「元々《もともと》は『元石川《もといしかわ》』って駅名《えきめい》になる予定《よてい》だったんだけど、開業当時《かいぎょうとうじ》の東急《とうきゅう》の社長《しゃちょう》さんだった五島昇《ごとうのぼる》さんが、ここは多摩田園都市《たまでんえんとし》の中心《ちゅうしん》だったから『たま』で、そこにゴロがよく親《した》しみが生《う》まれるように、スペイン語《ご》で広場《ひろば》を意味《いみ》する『プラーザ』をつけたんでしょう」

すらすらと答《こた》えたさくらちゃんを、僕《ぼく》と大樹《たいき》はぽかんと見《み》つめた。

さくらちゃんはそんな僕《ぼく》らを得意《とくい》げに見返《みかえ》し、ニヒッと笑《わら》う。

「よく知《し》っていたね！　さくらちゃん」

さくらちゃんは頬《ほお》に人差《ひとさ》し指《ゆび》を当《あ》てて、こくりとうなずく。

「前《まえ》に、たまプラーザでファッション対決《たいけつ》のテレビロケがあって、その時《とき》教《おし》えてもらったんだ〜」

「なるほど、そうだったんですね。驚《おどろ》きました」

大樹《たいき》はそう言《い》って何度《なんど》もうなずく。

ちなみに、大樹《たいき》はいつでも準備万端《じゅんびばんたん》整《ととの》えていて、その日《ひ》乗《の》る路線《ろせん》については驚《おどろ》くほど詳《くわ》しく調《しら》べてきてくれるんだ。

大樹《たいき》の革《かわ》の手帳《てちょう》には、そんな鉄道情報《てつどうじょうほう》がビッシリ書《か》きこまれている。

さくらちゃんは車窓《しゃそう》に目《め》をやってつぶやく。

「田園都市線《でんえんとしせん》の周囲《しゅうい》にはまったく『田園《でんえん》』は見《み》えないけど、この路線名《ろせんめい》も『多摩田園都市《たまでんえんとし》』構想《こうそう》に由来《ゆらい》しているからでしょう？」

「さくらさん、本当《ほんとう》によくご存《ぞん》じですね。田園都市《でんえんとし》という言葉《ことば》は、近代都市計画《きんだいとしけいかく》の祖《そ》であるイギリスのエベネザー・ハワードさんという人《ひと》が提唱《ていしょう》したものなんです」

「緑豊《みどりゆた》かな都市《とし》っていうのが田園都市《でんえんとし》じゃないの？」

僕《ぼく》がそう言《い》うと、大樹《たいき》は軽《かる》くうなずいた。

「一般的《いっぱんてき》にはそうなんですけど、ハワードさんは都市《とし》と田園《でんえん》を融合《ゆうごう》させる構想《こうそう》を生《う》み出《だ》した人《ひと》なんです。東急電鉄《とうきゅうでんてつ》では、その構想《こうそう》をこの地域《ちいき》で実現《じつげん》しようと路線名《ろせんめい》を『田園都市《でんえんとし》線《せん》』としたようです」

「へぇ〜、新《あたら》しい理想《りそう》の町《まち》を作《つく》るという発想《はっそう》から名付《なづ》けられた路線名《ろせんめい》だなんて……すごくかっこいいね」

さくらちゃんが感心《かんしん》したようにつぶやく。

「普通《ふつう》は始発駅《しはつえき》か終着駅《しゅうちゃくえき》か、中間《ちゅうかん》にある大《おお》きな駅《えき》の名前《なまえ》が路線名《ろせんめい》になっているところが多《おお》いのに、確《たし》かに珍《めずら》しいよね、こういうネーミングって」

「でも……緑《みどり》はあんまり見《み》えないね」

さくらちゃんがふっとため息《いき》をつくと、大樹《たいき》が革《かわ》の手帳《てちょう》を開《ひら》いた。

「すてきな名称《めいしょう》ですが、田園都市線《でんえんとしせん》はなかなか楽《らく》じゃないんです。朝《あさ》の混雑《こんざつ》は、今《いま》や田園《でんえん》都市線《としせん》の名物《めいぶつ》になりつつありまして、毎年国土交通省《まいとしこくどこうつうしょう》が発表《はっぴょう》している『混雑率《こんざつりつ》データ』によると、混雑率《こんざつりつ》は185%《パーセント》だそうです」

「ひゃ、185%《パーセント》!? それってどんな状態《じょうたい》なの!?」

驚《おどろ》いたさくらちゃんは目《め》を丸《まる》くする。僕《ぼく》はそんなもんじゃやすまないとばかりに、さくらちゃんの前《まえ》に人差《ひとさ》し指《ゆび》を差《さ》し出《だ》し、ふるふると振《ふ》った。

「朝《あさ》の通勤時間《つうきんじかん》のピークなら軽《かる》く200%《パーセント》を超《こ》えているんじゃないかな」

「……にっ、200%《パーセント》。考《かんが》えられんけんなぁ」

アワアワしてしまったさくらちゃんに、大樹《たいき》がさらに言《い》う。

「渋谷《しぶや》が近《ちか》くなる三軒茶屋《さんげんぢゃや》から先《さき》では250%《パーセント》ということもあるらしいですよ。立《た》っている人《ひと》が座《すわ》っている人《ひと》の上《うえ》まで覆《おお》いかぶさり、車内全員《しゃないぜんいん》が動《うご》けなくなる時《とき》もあると聞《き》いたことがあります」

「毎朝《まいあさ》それじゃ、通勤通学《つうきんつうがく》だけでくたびれちゃいそう〜」

そこで僕《ぼく》が代《か》わる。

「だから、田園都市線《でんえんとしせん》の平日《へいじつ》の朝《あさ》のラッシュピーク時《じ》には、『急行《きゅうこう》』は走《はし》らせられなくて

『準急《じゅんきゅう》』『普通《ふつう》』しかないんだよ」

「えーーっ!? なんで？」

「急行《きゅうこう》を走《はし》らせると、みんなが急行《きゅうこう》に殺到《さっとう》して、急行《きゅうこう》がさらにすごい混雑率《こんざつりつ》になっちゃうし、駆《か》けこみ乗車《じょうしゃ》の人《ひと》がいて出発《しゅっぱつ》が遅《おく》れちゃうと大変《たいへん》だからね。それで、二子玉川《ふたこたまがわ》から渋《しぶ》谷《や》までは各駅《かくえき》に停車《ていしゃ》する『準急《じゅんきゅう》』と『普通《ふつう》』だけにすることにしたんだって」

「でもそれだと、ずーっとものすごく混《こ》んでいる車内《しゃない》で我慢《がまん》しなければならない人《ひと》が多《おお》いってことだよね。大丈夫《だいじょうぶ》なのかな？」

困《こま》ったような顔《かお》をするさくらちゃんに、大樹《たいき》はうなずく。

「輸送量《ゆそうりょう》は限界近《げんかいちか》くに達《たっ》していて、これ以上電車《いじょうでんしゃ》を走《はし》らせることが不可能《ふかのう》なんです。ですから前《まえ》を走《はし》る各駅停車《かくえきていしゃ》を追《お》い越《こ》す急行《きゅうこう》を走《はし》らせることは非常《ひじょう》に難《むずか》しいようですね。ですが、結果的《けっかてき》に平均的《へいきんてき》な所要時間《しょようじかん》は短《みじか》くなるのだそうですよ」

「……優雅《ゆうが》な路線名《ろせんめい》なのに、現実《げんじつ》は厳《きび》しいのね」

『お疲《つか》れ様《さま》です!! 大人《おとな》の人《ひと》たち！』

僕《ぼく》らは目《め》をギュッとつむり、両手《りょうて》を祈《いの》るように合《あ》わせた。

ファンと警笛《けいてき》を鳴《な》らして鷺沼《さぎぬま》を発車《はっしゃ》した電車《でんしゃ》は、宮前平《みやまえだいら》の手前《てまえ》にあった白《しろ》いアーチ形《がた》の鉄橋《てっきょう》をくぐり抜《ぬ》け、マンションやビルが乱立《らんりつ》する丘陵地帯《きゅうりょうちたい》を走《はし》りぬけていく。

田園都市線《でんえんとしせん》には本当《ほんとう》にたくさんの電車《でんしゃ》が走《はし》っていて、中央林間方面《ちゅうおうりんかんほうめん》へ向《む》かう電車《でんしゃ》としょっちゅうすれ違《ちが》う。電車好《でんしゃず》きにはたまらない路線《ろせん》でもあるんだ。

いくつかのトンネルを抜《ぬ》けると、白《しろ》い屋根《やね》を持《も》つ大《おお》きな駅《えき》が見《み》えてきた。

「次《つぎ》の駅《えき》で降《お》りるよ」

僕《ぼく》が立《た》ち上《あ》がったのとほぼ同時《どうじ》に、車掌《しゃしょう》さんの車内放送《しゃないほうそう》が聞《き》こえた。

《まもなく溝《みぞ》の口《くち》です。大井町線《おおいまちせん》、ＪＲ《ジェイアール》南武線《なんぶせん》はお乗《の》り換《か》えです》

キュユユンとモーター音《おん》が静《しず》かになり、電車《でんしゃ》は溝《みぞ》の口《くち》に到着《とうちゃく》。

僕《ぼく》らはドアが開《ひら》いた瞬間《しゅんかん》に４番線《ばんせん》に飛《と》び出《だ》した。

乗《の》り換《か》えやすいように、ホーム反対側《はんたいがわ》の３番線《ばんせん》には大井町線《おおいまちせん》の電車《でんしゃ》が停車《ていしゃ》している。

混雑率《こんざつりつ》はさておき、田園都市線《でんえんとしせん》では階段《かいだん》の上《のぼ》り下《お》りをしなくても、こんな風《ふう》に乗《の》り換《か》えられるように工夫《くふう》がされていて、利便性《りべんせい》はとてもいいんだ。

そして驚《おどろ》くのはホームのフロア。整列用《せいれつよう》のラインが先発《せんぱつ》、後発《こうはつ》、後々発《こうこうはつ》と各《かく》三列《れつ》ずつ書《か》かれている。混雑時《こんざつじ》に、スマートに乗《の》り降《お》りできる工夫《くふう》がされているんだ。

僕《ぼく》らはこのホームでもう一人《ひとり》のメンバーと待《ま》ち合《あ》わせをしていた。

「みんな――!! おっはよ～!!」

振《ふ》り返《かえ》ると、七海《ななみ》ちゃんが右手《みぎて》を振《ふ》りながら走《はし》ってくるのが見《み》えた。

側《そば》までできた七海《ななみ》ちゃんは、さくらちゃんを見《み》て目《め》を丸《まる》くした。

「さくらちゃん、どうしてここに？ もう合流《ごうりゅう》していたの？」

さくらちゃんがうふっと笑《わら》って、僕《ぼく》を見《み》た。

「早起《はやお》きして、橋本《はしもと》まで雄太君《ゆうたくん》を迎《むか》えにいっちゃった！」

ぽかんとした表情《ひょうじょう》で、七海《ななみ》ちゃんは、僕《ぼく》とさくらちゃんを交互《こうご》に見《み》た。

そして次《つぎ》の瞬間《しゅんかん》、七海《ななみ》ちゃんとさくらちゃんが同時《どうじ》にお互《たが》いを指《ゆび》さす。

『あ――っ!!』

なんと、二人《ふたり》は色違《いろちが》いではあるけど、まったく同《おな》じデザインのワンピースを着《き》ていた。

七海《ななみ》ちゃんのものは全体《ぜんたい》の色《いろ》が紺《こん》。さくらちゃんは白《しろ》。七海《ななみ》ちゃんの服《ふく》の縁取《ふちど》りは白《しろ》、さくらちゃんのは紺《こん》。

「かぶっちゃったねぇ～」

「ほんと丸《まる》かぶり」

二人《ふたり》、顔《かお》を見合《みあ》わせて、苦笑《にがわら》いしている。

「七海《ななみ》ちゃんも『プリビジョン』の服《ふく》が好《す》きなの!?」

「うん。さくらちゃんも？」

「気《き》に入《い》ってるの。かわいいもんね！」

さくらちゃんは七海《ななみ》ちゃんと並《なら》んで腕《うで》を組《く》んだ。

「どう、私《わたし》たち？　アイドルユニットみたいじゃない？」

さくらちゃんの言《い》うとおり、色違《いろちが》いの服《ふく》を着《き》た二人《ふたり》は、テレビから飛《と》び出《だ》してきたみたいにかわいらしく決《き》まっている。

もちろん、さくらちゃんは本当《ほんとう》のアイドルだから当《あ》たり前《まえ》なんだけど、七海《なな》ちゃんも全《ぜん》然《ぜん》、負《ま》けてはいない。

「二人《ふたり》とも、とてもお似合《にあ》いですよ。本当《ほんとう》にアイドルユニットのようです」

「僕《ぼく》もそう思《おも》っちゃった」

大樹《たいき》と僕《ぼく》がそう言《い》うと、七海《ななみ》ちゃんはうれしそうにさくらちゃんと顔《かお》を見合《みあ》わせた。

「七海《ななみ》ちゃんもアイドルに、なれるんじゃない？」

そう言《い》った僕《ぼく》に、七海《ななみ》ちゃんは「そんなのムリムリ」と必死《ひっし》に手《て》を振《ふ》る。

「アイドルなんて簡単《かんたん》になれないんだから。さくらちゃんがすっごく努力《どりょく》しているって、知《し》ってるもん……」

「そんなことないよっ。ただ、私《わたし》は好《す》きなことをがんばっているだけだから」

「好《す》きなことをがんばる……かぁ。そんなことを言《い》えるって、さくらちゃん、すごいよ」

七海《ななみ》ちゃんは、まぶしいものを見《み》るような目《め》で、さくらちゃんを見《み》た。

「そうだ。みんなに渡《わた》したいものがあるんです」

大樹《たいき》はスーツケースの中《なか》から四枚《まい》の紙《かみ》を取《と》りだしてみんなに手渡《てわた》した。

続《つづ》いて蛍光《けいこう》ペンも配《くば》っていく。

「これはなに？」

紙《かみ》には東急《とうきゅう》の路線図《ろせんず》が描《か》かれていた。

「乗《の》りつぶしマップです！」

鼻息《はないき》を荒《あら》くしながら、大樹《たいき》はさくらちゃんに答《こた》えた。

『乗《の》りつぶしマップ〜？』

声《こえ》をあわせて聞《き》き返《かえ》した女子《じょし》二人《ふたり》に、大樹《たいき》はマップの長津田《ながつた》から溝《みぞ》の口《くち》までをペンでなぞってみせた。

「こうして……乗《の》った区間《くかん》を蛍光《けいこう》ペンで塗《ぬ》りつぶしていくんです」

二人《ふたり》は『おぉ〜』と、目《め》を輝《かがや》かせる。

「うわぁ〜楽《たの》しい〜!!　じゃあ、私《わたし》は中央林《ちゅうおうりん》間《かん》からだね」

さくらちゃんはピンクの蛍光《けいこう》ペンで、田園《でんえん》都市線《としせん》の端《はし》から溝《みぞ》の口《くち》まで塗《ぬ》る。

「へぇ〜！　私《わたし》は自由《じゆう》が丘《おか》から」

フンフンとうなずきながら、七海《ななみ》ちゃんは自宅《じたく》の最寄《もよ》り駅《えき》の自由《じゆう》が丘《おか》から乗《の》ってきた大《おお》井《い》町線《まちせん》をオレンジの蛍光《けいこう》ペンでなぞった。

僕《ぼく》もさくらちゃんと同《おな》じように、中央林間《ちゅうおうりんかん》から溝《みぞ》の口《くち》まで緑《みどり》のラインをひく。

「今日《きょう》は『東急線《とうきゅうせん》を乗《の》りまくる』とのことでしたので、こういうものがあった方《ほう》がおもしろいんじゃないかと思《おも》いまして……」

大樹《たいき》が照《て》れながら答《こた》えたので、顔《かお》を見合《みあ》わせた僕《ぼく》らはいっせいに右手《みぎて》の親指《おやゆび》だけを上《あ》げる。

『さっすが大樹《たいき》だね。Good《グッ》 Job《ジョブ》!(いい出来《でき》だよ!)』

僕《ぼく》はすかさず、みんなに向《む》かって声《こえ》をかける。

「よしっ!　今日《きょう》はマップを塗《ぬ》りつぶしまくるぞ――――!!」

『**おぉ――――――――――!!**』

僕《ぼく》らは乗《の》りつぶしマップを高《たか》くかかげて声《こえ》をあげた。

4 びっくりだらけの大井町線《おおいまちせん》！

僕《ぼく》は七海《ななみ》ちゃんに向《む》き直《なお》った。

「ここからは七海《ななみ》ちゃんの出番《でばん》だね。大井町線《おおいまちせん》のおもしろ駅《えき》へ連《つ》れていってくれる？」

七海《ななみ》ちゃんは真剣《しんけん》な表情《ひょうじょう》で僕《ぼく》を見《み》つめ返《かえ》し、自分《じぶん》の胸《むね》を右手《みぎて》でぽんとたたく。

「まかせてっ！」

ついこの間《あいだ》まで鉄道初心者《てつどうしょしんしゃ》だった七海《ななみ》ちゃんが、僕《ぼく》らに鉄道《てつどう》のことをレクチャーしてくれる日《ひ》が来《き》たなんて。僕《ぼく》は胸《むね》が熱《あつ》くなっていた。

「じゃあ、次《つぎ》の電車《でんしゃ》は……」

「たくさん来《く》るから、来《き》た電車《でんしゃ》に乗《の》れば――」

スーツケースから、ぶ厚《あつ》い時刻表《じこくひょう》を取《と》り出《だ》した大樹《たいき》が、七海《ななみ》ちゃんの声《こえ》をさえぎった。

「ちょっと待《ま》ってください。今《いま》、調《しら》べます」

僕《ぼく》はフッと笑《わら》いながら、大樹《たいき》に突《つ》っこむ。

「大樹《たいき》。東急《とうきゅう》の運行予定《うんこうよてい》は、普通《ふつう》の時刻表《じこくひょう》を見《み》ても細《こま》かくは載《の》ってないだろう？」

「確《たし》かに、いつもの大《おお》きな時刻表《じこくひょう》には、東急《とうきゅう》に関《かん》しては各路線《かくろせん》の始発《しはつ》と終電《しゅうでん》しか載《の》っていませんが……」

普通《ふつう》の時刻表《じこくひょう》はＪＲ《ジェイアール》の列車《れっしゃ》がメイン。私鉄《してつ》についてはスペースの都合《つごう》もあって詳《くわ》しくは載《の》っていないんだ。

だが、大樹《たいき》が僕《ぼく》の目《め》の前《まえ》にかかげた時刻表《じこくひょう》を見《み》て、目《め》を見張《みは》った。表紙《ひょうし》の写真《しゃしん》が東急《とうきゅう》の２０２０系《けい》だ！

『東急線電車時刻表《とうきゅうせんでんしゃじこくひょう》――!?』

大樹《たいき》が僕《ぼく》の目《め》をのぞきこみ、ニヤリと笑《わら》う。

「そっ、そんな時刻表《じこくひょう》、あったの～!?」

さすがの僕《ぼく》も、こんな時刻表《じこくひょう》を見《み》たのは初《はじ》めて。

眼鏡《めがね》に手《て》を当《あ》てた大樹《たいき》は、少《すこ》し得意《とくい》げに話《はな》し出《だ》す。

「この東急線電車時刻表《とうきゅうせんでんしゃじこくひょう》は、大《おお》きな改正《かいせい》があった時《とき》にだけ発売《はつばい》される特別《とくべつ》な時刻表《じこくひょう》なんです。サイズはB《ビー》5で、ページ数《すう》216ページ。価格《かかく》は五〇〇円《えん》ですが、販売部数《はんばいぶすう》がたったの五千五百部《ぶ》ですので、すぐに売《う》り切《き》れてしまうんです。そのためにプレミアがつき、ネットでは三倍近《ばいちか》くの値段《ねだん》になっているんです」

大樹《たいき》は「あぁ」と声《こえ》をこぼしながら、時刻表《じこくひょう》を大事《だいじ》そうに抱《だ》きしめた。

「僕《ぼく》も次《つぎ》は本屋《ほんや》さんで買《か》おう〜っと」

僕《ぼく》が思《おも》わずつぶやくと、大樹《たいき》は「甘《あま》いなぁ」って顔《かお》をした。

「この時刻表《じこくひょう》は本屋《ほんや》さんでは買《か》えないんです。販売《はんばい》は東急各駅《とうきゅうかくえき》の窓口《まどぐち》でのみなんですよ」

「そ、そうなんだ!?」

大樹《たいき》は悠々《ゆうゆう》と時刻表《じこくひょう》のページを開《ひら》く。

「というわけで東急線電車時刻表《とうきゅうせんでんしゃじこくひょう》によると……次《つぎ》の大井町方面行《おおいまちほうめんいき》の電車《でんしゃ》は、溝《みぞ》の口発《くちはっ》9時《じ》34分《ぷん》の大井町行各駅停車《おおいまちいきかくえきていしゃ》です」

大樹《たいき》が指《ゆび》さした中央林間方面《ちゅうおうりんかんほうめん》から、正面《しょうめん》に三《みっ》つの窓《まど》を持《も》っている銀《ぎん》の車両《しゃりょう》がまさに近《ちか》づいてくるのが見《み》えた。

列車《れっしゃ》は田園都市線《でんえんとしせん》よりも少《すこ》し短《みじか》い五両編成《りょうへんせい》。

正面下部《しょうめんかぶ》には四角《しかく》のライトが左右《さゆう》にあり、そこにはオレンジから黄色《きいろ》にグラデーションしている太《ふと》いラインが入《はい》り、車体側面《しゃたいそくめん》の下方《かほう》には赤《あか》いラインが走《はし》っている。

左上《ひだりうえ》の種別表示《しゅべつひょうじ》は「各停《かくてい》」、真《ま》ん中《なか》の行先表示《いきさきひょうじ》には「大井町《おおいまち》」と出《で》ている。

「9000系《けい》ですね」

調《しら》べてきた資料《しりょう》と照《て》らし合《あ》わせながら、大樹《たいき》がつぶやく。

ホームドアが開《ひら》き、お客《きゃく》さんが乗車《じょうしゃ》しはじめた。

七海《ななみ》ちゃんは「よしっ」と気合《きあ》いを入《い》れ直《なお》し、右手《みぎて》をすっとかかげる。

「みんなー、私《わたし》についてきて〜!!」

僕《ぼく》らが乗《の》りこむと同時《どうじ》に発車《はっしゃ》ベルが鳴《な》り、ドアがプシュュと閉《し》まる。

車内《しゃない》は空《す》いていて、扉《とびら》の横《よこ》に立《た》っている人《ひと》も少《すく》ない。

赤《あか》いロングシートが並《なら》んでいて、最近《さいきん》よく見《み》かけるシート端《はし》の背《せ》の高《たか》い化粧板《けしょういた》はなく太《ふと》いパイプがあるだけだ。

さくらちゃんが連結部付近《れんけつぶふきん》の赤《あか》い向《む》かい合《あ》わせのシートを指差《ゆびさ》す。

「ボックスシートもあるのね」

七海《ななみ》ちゃんがうなずく。

「大井町線《おおいまちせん》の優先席《ゆうせんせき》は、ボックスシートになっているんだよ」

僕《ぼく》らは先頭車《せんとうしゃ》の空《あ》いていたシートに四人《よにん》で並《なら》んで座《すわ》る。

溝《みぞ》の口《くち》を出《で》ると、三本《ぼん》の線路《せんろ》が並列《へいれつ》して走《はし》っていた。

やがて、大《おお》きな川《かわ》を渡《わた》りだす。

ダタン……ダタン……ダタン……。

鉄橋《てっきょう》ではひときわ走行音《そうこうおん》が大《おお》きく聞《き》こえた。

さくらちゃんは窓《まど》の外《そと》に広《ひろ》がる景色《けしき》を食《く》い入《い》るように見《み》つめる。

「大《おお》きな川《かわ》～!!　河川敷《かせんしき》に野球場《やきゅうじょう》まであるし、みんな楽《たの》しそう！」

川岸《かわぎし》にはたくさんのテントが張《は》ってあって、バーベキューの煙《けむり》がいくつも上《あ》がっている。

川《かわ》の両側《りょうがわ》には数十階《すうじゅっかい》はあると思《おも》われる立派《りっぱ》なタワーマンションが並《なら》んでいた。

「この川《かわ》は東京都《とうきょうと》と神奈川県《かながわけん》の境《さかい》を流《なが》れる多摩川《たまがわ》です」

大樹《たいき》がケータイで地図《ちず》を表示《ひょうじ》させながら説明《せつめい》する。

「そっか～神奈川県《かながわけん》から東京《とうきょう》へ戻《もど》ってきたわけね」

七海《ななみ》ちゃんが乗《の》りつぶしマップを出《だ》して、溝《みぞ》の口《くち》から二子玉川《ふたこたまがわ》間《かん》を指差《ゆびさ》す。

「この区間《くかん》だけ大井町線《おおいまちせん》が田園都市線《でんえんとしせん》と並走《へいそう》しているの」

「路線図《ろせんず》が二重《じゅう》になっていたのは、そういうわけなんだ」

マップを見《み》ながら、さくらちゃんはうなずく。

電車《でんしゃ》に乗《の》って遊《あそ》びにいく時《とき》は、路線図《ろせんず》をいつもそばに置《お》いておくと、こんなふうに電車《でんしゃ》が今《いま》どこを走《はし》っているかがよくわかって楽《たの》しいよね。

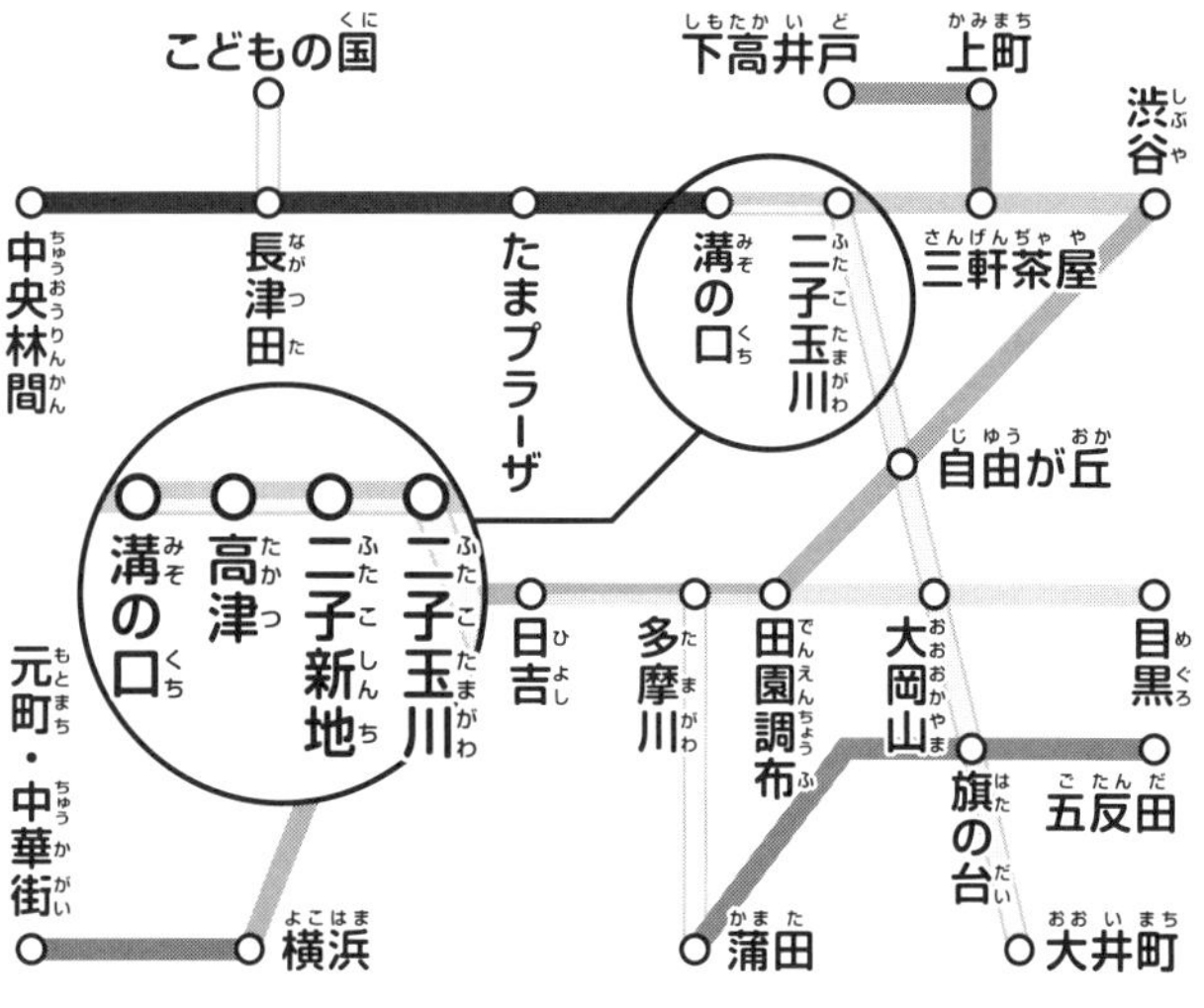

どんどん鉄道情報《てつどうじょうほう》を教《おし》えてくれる今日《きょう》の七海《ななみ》ちゃんは、ちょっとカッコいい！

「それで、七海《ななみ》ちゃんオススメの、おもしろ駅《えき》ってどこなの？」

「最初《さいしょ》はねぇ、次《つぎ》の等々力《とどろき》だよ！」

七海《ななみ》ちゃんがそう言《い》い終《お》わると同時《どうじ》に、電車《でんしゃ》はホームに突入《とつにゅう》しグゥンと速度《そくど》を落《お》とした。

僕《ぼく》らはいっせいに立《た》ち上《あ》がる。

「よしっ、ここで途中下車《とちゅうげしゃ》だ！」

開《ひら》いた扉《とびら》から、僕《ぼく》らはバタバタと島式《しましき》ホームへ降《お》り立《た》つ。

空《そら》からは夏《なつ》の名残《なごり》のような厳《きび》しい日差《ひざ》しが注《そそ》いでいる。

「ホームギリギリなのね」

ホーム端《はし》近《ちか》くまで迫《せま》っていた先頭車《せんとうしゃ》を見《み》て、さくらちゃんがつぶやく。

ホームと電車《でんしゃ》の長《なが》さがほぼ同《おな》じ感《かん》じ。

「五両編成《りょうへんせい》でもホームギリギリってことは、ホーム自体《じたい》がかなり短《みじか》いのかもしれないね」

細長《ほそなが》いホームには車掌《しゃしょう》さんの笛《ふえ》がビュユュルと響《ひび》き、電車《でんしゃ》は風《かぜ》と共《とも》に等々力《とどろき》から走《はし》り去《さ》っていく。

鉄道《てつどう》ファンなら今《いま》まで乗《の》っていた電車《でんしゃ》が去《さ》っていく時《とき》、テールライトが見《み》えなくなるまで見送《みおく》ることが多《おお》い。僕《ぼく》ら四人《よにん》もカンカンと鳴《な》る踏切《ふみきり》を越《こ》えて走《はし》っていく電車《でんしゃ》の最後尾《さいこうび》を見《み》つめ続《つづ》けた。

だが、9000系《けい》のテールはなかなか見《み》えなくならない。

「なんだか……大《おお》きさが変《か》わらなくなったような……」

「本当《ほんとう》ですね……停止信号《ていししんごう》でしょうか？」

僕《ぼく》と大樹《たいき》が首《くび》を傾《かし》げていると、七海《ななみ》ちゃんが楽《たの》しそうに言《い》う。

「あれはねぇ、隣《となり》の尾山台《おやまだい》に停車《ていしゃ》しているんだよ〜」

『え――――っ!!　あんなに近《ちか》いの〜!?　隣駅《となりえき》』

僕《ぼく》と大樹《たいき》とさくらちゃんは声《こえ》を合《あ》わせて驚《おどろ》いた。

路面電車《ろめんでんしゃ》の電停同士《でんていどうし》が近《ちか》いってことはあるけど、五両編成《りょうへんせい》まで走《はし》っている東京《とうきょう》の大手私鉄路線《おおてしてつろせん》で、こんなに駅間《えきかん》が短《みじか》い区間《くかん》があるなんて思《おも》わなかった。

目《め》を凝《こ》らして見《み》ると、踏切《ふみきり》を一《ひと》つはさんだ数百《すうひゃく》メートル先《さき》に、相対式《そうたいしき》になったホームが複線《ふくせん》の線路《せんろ》の両側《りょうがわ》にあって、電車《でんしゃ》はそこに停車《ていしゃ》していた。

「確《たし》か、等々力《とどろき》と尾山台間《おやまだいかん》って、五〇〇メートルくらいだったと思《おも》うよ」

驚《おどろ》きのあまり、ぽかんと口《くち》をあけたままの僕《ぼく》らを見《み》ながら、七海《ななみ》ちゃんは説明《せつめい》を続《つづ》ける。

「渋谷《しぶや》へ向《む》かう田園都市線《でんえんとしせん》とかと違《ちが》ってね。大井町線《おおいまちせん》はこの辺《あた》りの人《ひと》が生活《せいかつ》のために使《つか》う路《ろ》線《せん》だから駅《えき》と駅《えき》の間《あいだ》が短《みじか》いの」

「路面電車《ろめんでんしゃ》とかバスみたいな感《かん》じなのかなぁ？」

僕《ぼく》がつぶやくと、七海《ななみ》ちゃんは右手《みぎて》の人差《ひとさ》し指《ゆび》を振《ふ》って「そうそう」と答《こた》える。

電車《でんしゃ》が尾山台《おやまだい》を出発《しゅっぱつ》して大井町《おおいまち》方面《ほうめん》へ去《さ》っていくのを見届《みとど》け、僕《ぼく》らは七海《ななみ》ちゃんに向《む》き直《なお》った。この駅《えき》のどこがおもしろいのか、教《おし》えてもらわなくちゃ。

等々力《とどろき》は上下線《じょうげせん》の間《あいだ》にホームのある島式《しましき》。

ホームの真《ま》ん中《なか》には白《しろ》い柱《はしら》、白《しろ》い屋根《やね》の木造《もくぞう》の駅舎《えきしゃ》が見《み》える。

これまでの東急線《とうきゅうせん》の駅《えき》は大《おお》きくて近代的《きんだいてき》なものばかりだったから、少《すこ》しレトロで珍《めずら》しいともいえそうだけど、特《とく》にほかの「普通《ふつう》の駅《えき》」と違《ちが》うようにも見《み》えない。

「七海《ななみ》ちゃん、等々力《とどろき》のおもしろポイントはどこなの？」

「それは、こっちだよ」

七海《ななみ》ちゃんは右手《みぎて》をヒラヒラ動《うご》かして僕《ぼく》らを呼《よ》びよせ、白《しろ》い屋根《やね》の駅舎《えきしゃ》に入《はい》った。

線路沿《せんろぞ》いにある自転車屋《じてんしゃや》さんや飲食店《いんしょくてん》がすぐそばに見《み》える。

昔《むかし》の商店街《しょうてんがい》にあったようなお店《みせ》が多《おお》かった。

改札口《かいさつぐち》には自動改札機《じどうかいさつき》四台《だい》がギリギリ並《なら》んでいたので、僕《ぼく》らは東急《とうきゅう》ワンデーオープンチケットを自動改札機《じどうかいさつき》に入《い》れて通《とお》り抜《ぬ》ける。

取《と》り出《だ》し口《ぐち》に出《で》てきたきっぷを見《み》た僕《ぼく》は、ちょっとうれしくなってにんまりしてしまう。

「最高《さいこう》だよねぇ。東急《とうきゅう》ワンデーオープンチケットは一日乗《にちの》り降《お》り自由《じゆう》なんだから」

「それ……珍《めずら》しいことなの？」

きっぷを受《う》け取《と》りながらさくらちゃんが聞《き》く。

「江《え》ノ島電鉄《しまでんてつ》とか一畑電車《いちばたでんしゃ》のような小《ちい》さなエリアの鉄道会社《てつどうがいしゃ》だったらよくあるんだけどね。こんなにたくさんの路線《ろせん》を全部乗《ぜんぶの》れて、出入《でい》り自由《じゆう》というものはものすごく珍《めずら》しいよ」

「そうなんだ」

さくらちゃんがなるほどとうなずく。

「JR《ジェイアール》では大都市近郊区間内《だいとしきんこうくかんない》を一〇〇円以下《えんいか》で大回《おおまわ》り乗車《じょうしゃ》することもできて、鉄道好《てつどうず》きにはたまらないけど、途中《とちゅう》の改札口《かいさつぐち》からは絶対《ぜったい》に出《で》ちゃいけないってルールがあるんだ」

「へぇ〜、一〇〇円《えん》以下《いか》で大回《おおまわ》り？　そんなことができるんだ」

（詳《くわ》しくは『電車《でんしゃ》で行《い》こう！　60円《えん》で関東一周《かんとういっしゅう》』や『電車《でんしゃ》で行《い》こう！　80円《えん》で関西一周《かんさいいっしゅう》!!　駅弁食《えきべんく》いだおれ463・9km《キロメートル》!!!』を読《よ》んでね）

「でも、鉄道《てつどう》ファンならやっぱり、いろいろな駅《えき》で下車《げしゃ》したいからさ。乗《の》り降《お》り自由《じゆう》だなんて最高《さいこう》だよ」

改札口《かいさつぐち》を出《で》た僕《ぼく》らは、そこに広《ひろ》がる光景《こうけい》に目《め》をぱちくりさせてしまった。

『なにこれ――――!!』

駅舎《えきしゃ》の左右《さゆう》にある出入口《でいりぐち》の目《め》の前《まえ》に、いきなり踏切《ふみきり》があった。

等々力《とどろき》は上下線《じょうげせん》のレールに挟《はさ》まれている島式《しましき》ホームで、駅舎《えきしゃ》は溝《みぞ》の口方面《くちほうめん》のホームの端《はし》にある。出入口《でいりぐち》が左右《さゆう》にあるんだけど、右側《みぎがわ》は大井町方面《おおいまちほうめん》の線路《せんろ》、左側《ひだりがわ》は溝《みぞ》の口方面《くちほうめん》の線《せん》路《ろ》が目《め》の前《まえ》にあって、それぞれに踏切《ふみきり》が設《もう》けられているんだ。

カンカンカン……。

すぐに溝《みぞ》の口方面《くちほうめん》の踏切《ふみきり》の警報《けいほう》が鳴《な》り、遮断機《しゃだんき》が下《さ》がりはじめたけど、大井町方面《おおいまちほうめん》の踏《ふみ》切《きり》は上《あ》がったままだ。片方《かたほう》だけというのが相当《そうとう》、変《へん》な感《かん》じ。

「どう雄太君《ゆうたくん》、おもしろい？　この駅《えき》」

目《め》を輝《かがや》かせながら聞《き》く七海《ななみ》ちゃんに、僕《ぼく》は思《おも》いきりうなずいた。

「めっちゃおもしろいよっ！　不思議《ふしぎ》な駅《えき》だなぁ……」

「よかった〜!!」

せっかくなので、僕《ぼく》らは開《あ》いていた右側《みぎがわ》の踏切《ふみきり》を渡《わた》り、線路沿《せんろぞ》いの道路《どうろ》へ出《で》た。

そのまま線路沿《せんろぞ》いに進《すす》み、ちょっと離《はな》れたところから駅《えき》を見《み》つめる。

「まるで、川《かわ》の中州《なかす》に建《た》っているような駅《えき》ですね」

その大樹《たいき》の表現《ひょうげん》は、とても的確《てきかく》だった。

レールが川《かわ》なら、ホームと駅舎《えきしゃ》はその真《ま》ん中《なか》に残《のこ》された中州《なかす》。まさにそういう感《かん》じ！

「こういう駅《えき》って、ありそうでないよね。なんでこんなふうに駅《えき》を造《つく》ったのかな？」

さくらちゃんは首《くび》を傾《かし》げながら大樹《たいき》に聞《き》いた。

「普通《ふつう》は線路《せんろ》の間《あいだ》ではなく、踏切《ふみきり》を渡《わた》った側《がわ》に造《つく》るんですよ。なんらかの事情《じじょう》で、場所《ばしょ》がとれなかったんでしょうね」

僕《ぼく》らは大樹《たいき》の説明《せつめい》を聞《き》きながらフンフンとうなずく。

十《じゅう》メートルくらい溝《みぞ》の口《くち》方面《ほうめん》へ戻《もど》ったところに、上下線《じょうげせん》をまとめて渡《わた》れる踏切《ふみきり》があるので、再《ふたた》びそこから駅舎《えきしゃ》をじっくり観察《かんさつ》する。

この駅《えき》は見《み》れば見《み》るほど、しみじみ不思議《ふしぎ》な感《かん》じがした。

そこで、七海《ななみ》ちゃんが僕《ぼく》らに思《おも》いがけないことを言《い》いだす。

「等々力《とどろき》に下車《げしゃ》したからには、『渓谷《けいこく》』に寄《よ》っておかないとね!」

『渓谷《けいこく》ー!?』

僕《ぼく》と大樹《たいき》とさくらちゃんの目《め》が、またまたしばしばしてしまう。

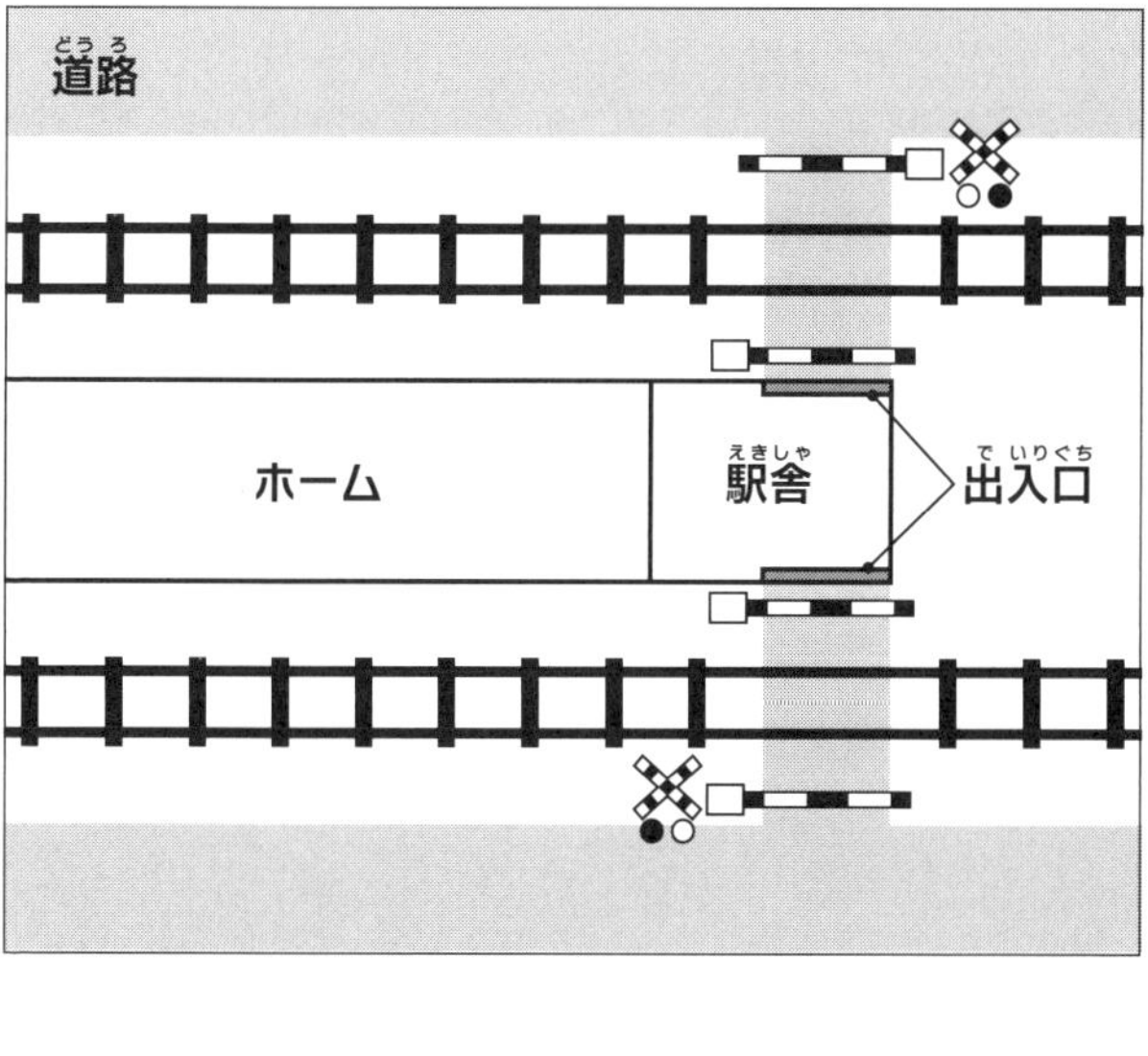

渓谷《けいこく》って「山《やま》に挟《はさ》まれた谷間《たにま》」のことで、つまり自然豊《しぜんゆた》かな場所《ばしょ》にあるものでしょ。キョロキョロと周囲《しゅうい》を見回《みまわ》しても、周囲《しゅうい》には山《やま》どころか森《もり》もない。あるのは、高《たか》いマンションや住宅《じゅうたく》。そして車《くるま》が行《い》きかう二車線道路《しゃせんどうろ》だけだ。

「渓谷《けいこく》って、谷間《たにま》を流《なが》れる川《かわ》があるってことだよね？」

いちおう僕《ぼく》が確認《かくにん》すると、七海《ななみ》ちゃんは「そうだよ！」と余裕《よゆう》たっぷりに微笑《ほほえ》む。

「ここから、かなり歩《ある》くのですか？」

七海《ななみ》ちゃんは大樹《たいき》に右手《みぎて》の指《ゆび》を三本立《ぼんた》てて、「徒歩三分《とほぷん》だよ！」と答《こた》えた。

「中央林間《ちゅうおうりんかん》みたいに、実《じつ》は『渓谷都市《けいこくとし》』とかいうオチ？」

「なんなの～それ？　行《い》くの？　行《い》かないの？」

狐《きつね》につままれたような顔《かお》で顔《かお》を見合《みあ》わせた僕《ぼく》らは、七海《ななみ》ちゃんを見《み》て声《こえ》をそろえた。

『渓谷《けいこく》へ連《つ》れていって！』

「OK《オーケー》！　じゃあ、みんな、ついてきて！」

七海《ななみ》ちゃんは横断歩道《おうだんほどう》を渡《わた》り、中華料理屋《ちゅうかりょうりや》さんの前《まえ》を過《す》ぎ、スーパーの先《さき》の小路《こうじ》を右折《うせつ》。

そのままステンレスの欄干《らんかん》が左右《さゆう》に並《なら》ぶ橋《はし》まで進《すす》む。

「ここが等々力《とどろき》の渓谷《けいこく》だよっ！」

七海《ななみ》ちゃんは、ジャーンと声《こえ》にして、右手《みぎて》を下《した》に伸《の》ばす。その先《さき》に――

『**本当《ほんとう》に渓谷《けいこく》だ――――っ!!**』

目《め》の前《まえ》には緑豊《みどりゆた》かな渓谷《けいこく》が広《ひろ》がっていた。都会《とかい》のド真《ま》ん中《なか》の等々力駅《とどろきえき》から徒歩《とほ》三分《ぷん》の場《ば》所《しょ》にこんな渓谷《けいこく》があるなんて。驚《おどろ》きのあまり、次《つぎ》の言葉《ことば》が誰《だれ》からも出《で》てこない。

「少《すこ》しだけ遊歩道《ゆうほどう》を歩《ある》こうよ」

七海《ななみ》ちゃんは橋《はし》のたもとにあった階段《かいだん》をトントンと足取《あしど》り軽《かる》く下《お》りていく。

僕《ぼく》らはあわてて七海《ななみ》ちゃんを追《お》いかけた。

階段《かいだん》を十《じゅう》メートルあまりも下《お》りただろうか。

さっきの橋《はし》の下《した》をくぐるように遊歩道《ゆうほどう》が渓谷沿《けいこくぞ》いに続《つづ》いている。

林立《りんりつ》する大《おお》きな木《き》が枝葉《えだは》を大《おお》きく広《ひろ》げているため、渓谷内《けいこくない》はヒンヤリと涼《すず》しい風《かぜ》が吹《ふ》いていた。まるで別世界《べっせかい》に来《き》たみたい。

Ｖ《ヴイ》字形《じがた》に削《けず》られた谷底《たにぞこ》を、キレイな川《かわ》が左右《さゆう》に蛇行《だこう》しながら流《なが》れていて、斜面《しゃめん》のところどころから湧《わ》き水《みず》が流《なが》れだしている。

鳥《とり》の声《こえ》や川《かわ》のせせらぎも聞《き》こえた。

遊歩道《ゆうほどう》は二人《ふたり》がぎりぎり並《なら》んで歩《ある》けるくらいの小道《こみち》。

七海《ななみ》ちゃんと大樹《たいき》が先《さき》に歩《ある》き、僕《ぼく》とさくらちゃんが後《うし》ろから続《つづ》いた。

「この等々力渓谷《とどろきけいこく》は、東京都《とうきょうと》二十三区内《くない》にあるたった一《ひと》つの渓谷《けいこく》なんだって」

七海《ななみ》ちゃんの言《い》うことを大樹《たいき》はすかさず手帳《てちょう》に書《か》きこんでいる。

「こんな場所《ばしょ》が大井町線沿《おおいまちせんぞ》いにあるとは驚《おどろ》きです」

七海《ななみ》ちゃんは歩《ある》きながら振《ふ》り返《かえ》る。

「素敵《すてき》な場所《ばしょ》でしょ。等々力渓谷《とどろきけいこく》は、この周辺《しゅうへん》の小学校《しょうがっこう》の遠足《えんそく》コースの定番《ていばん》なのよ」

さくらちゃんが気持《きも》ちよさそうに両手《りょうて》を広《ひろ》げて大《おお》きく深呼吸《しんこきゅう》した。

「ここ〜うち、すいとーちゃ！」

博多弁《はかたべん》で「ここ、私《わたし》は好《す》き」って大《おお》きな声《こえ》で言《い》った。

「こんな気持《きも》ちいい場所《ばしょ》に連《つ》れてきてくれてありがとう！　七海《ななみ》ちゃん」

「さくらちゃんが気《き》に入《い》ってくれてうれしいよ！　私《わたし》もここが大好《だいす》きなの」

「なんだか九州《きゅうしゅう》に帰《かえ》ったみたいな気持《きも》ちになっちゃった。癒《いや》される～」

二人《ふたり》は顔《かお》を見合《みあ》わせてにっこり笑《わら》った。

遊歩道《ゆうほどう》にあった看板《かんばん》によると、渓谷《けいこく》の真《ま》ん中《なか》を流《なが》れる川《かわ》は『谷沢川《やざわがわ》』という名前《なまえ》で、川《かわ》に沿《そ》って続《つづ》く渓谷《けいこく》は僕《ぼく》らの下《お》りた場所《ばしょ》から約《やく》一キロも続《つづ》いているという。

しばらく行《い》くと谷沢川《やざわがわ》を渡《わた》る「渓谷橋《けいこくきょう》」があって、遊歩道《ゆうほどう》は対岸《たいがん》へと移《うつ》る。

そのまま歩《ある》いていけば環状《かんじょう》八号線《ごうせん》を潜《くぐ》り、等々力不動尊《とどろきふどうそん》ってお寺《てら》まで行《い》けるんだって。

でも僕《ぼく》らは、渓谷橋《けいこくきょう》で折《お》り返《かえ》して等々力駅《とどろきえき》へと戻《もど》ることにした。

「今度《こんど》は未来《みらい》も誘《さそ》って、みんなで一緒《いっしょ》にハイキングに来《こ》よう！」

僕《ぼく》がそう言《い》うと、みんなが『さんせ～!!』と腕《うで》を天《てん》に向《む》けて突《つ》きだした。

5 とんでもないホームがある駅《えき》

僕《ぼく》らが等々力《とどろき》に戻《もど》ってきたのは、だいたい10時頃《じごろ》。

出《で》て行《い》った時《とき》とは反対側《はんたいがわ》の踏切《ふみきり》から、等々力駅《とどろきえき》の構内《こうない》へと入《はい》った。

10時《じ》6分《ぷん》に溝《みぞ》の口方面《くちほうめん》から大井町行《おおいまちいき》の各駅停車《かくえきていしゃ》が到着《とうちゃく》。

使用車両《しようしゃりょう》はさっきと同《おな》じ9000系《けい》だ。

各駅停車《かくえきていしゃ》の先頭《せんとう》に乗《の》りこんだ僕《ぼく》らは、ワクワクしながら前方《ぜんぽう》を見《み》つめる。

だって、五〇〇メートルくらい先《さき》にもう次《つぎ》の尾山台《おやまだい》のホームが見《み》えているんだもん。

等々力《とどろき》を発車《はっしゃ》してグォオンとモーターを回《まわ》して加速《かそく》するのは、本当《ほんとう》に一瞬《いっしゅん》だけ。

すぐにマスコンを切《き》って惰性《だせい》で電車《でんしゃ》は走《はし》り、ホームの先頭《せんとう》が近《ちか》づくや運転手《うんてんしゅ》さんがブレーキをかけた。

「雄太《ゆうた》、本当《ほんとう》に駅《えき》の間《あいだ》が短《みじか》いな……」

「ああ。運転手《うんてんしゅ》さんは、細《こま》かい操作《そうさ》が続《つづ》くから大変《たいへん》だよ」

運転台《うんてんだい》を後《うし》ろから覗《のぞ》きこんでいた僕《ぼく》と大樹《たいき》は、運転手《うんてんしゅ》さんの手《て》さばきに感心《かんしん》してしまった。

尾山台《おやまだい》を出発《しゅっぱつ》すると、七海《ななみ》ちゃんは目《め》をキラキラと輝《かがや》かせながら口《くち》を開《ひら》く。

「大井町線《おおいまちせん》にはもっとあるんだよ、おもしろい駅《えき》が」

『えー──っ!?』

「本当《ほんとう》に!? どんな駅《えき》、どこの駅《えき》?」

僕《ぼく》はグイグイと七海《ななみ》ちゃんに詰《つ》めよった。

「うん。次《つぎ》は、あまり見《み》ないタイプの駅《えき》って感《かん》じかな」

七海《ななみ》ちゃんは、右手《みぎて》の人差《ひとさ》し指《ゆび》だけを伸《の》ばしてすっとあげる。

「その駅《えき》は、次《つぎ》の停車駅《ていしゃえき》、九品仏《くほんぶつ》で〜す!!」

「えっ!? そんな近《ちか》くにまた、おもしろい駅《えき》があるの!?」

「そうなの〜」

尾山台《おやまだい》から九品仏《くほんぶつ》も駅間《えきかん》の距離《きょり》は短《みじか》く、きっと、一キロメートルもない。

スルスルと電車《でんしゃ》は停車《ていしゃ》する。

九品仏《くほんぶつ》も等々力《とどろき》と同《おな》じく、レールの間《あいだ》にホームのある島式《しましき》ホームだ。

ホームに降《お》りた瞬間《しゅんかん》、僕《ぼく》と大樹《たいき》とさくらちゃんは、この駅《えき》のどこがおもしろいのか、見《み》つけようとして、あっちこっちを見回《みまわ》しはじめた。

「駅舎《えきしゃ》が変《か》わっては……いない……」

「ホームに何《なに》か……特《とく》に変《か》わったものはない……ですね」

さくらちゃんも大樹《たいき》も目《め》を皿《さら》のようにしてチェックするが、特《とく》に変《か》わったものは見《み》つからない。

あれぇ? なにがおもしろいんだろう?

ピイイイ!

やがて、車掌《しゃしょう》さんの笛《ふえ》の音《おと》が聞《き》こえ、ドアがしゅっと閉《し》まり、電車《でんしゃ》は大井町方面《おおいまちほうめん》へ向《む》かって走《はし》り去《さ》っていった。

電車《でんしゃ》のテールランプを見送《みおく》った僕《ぼく》ら三人《にん》は、あっさりと降参《こうさん》して七海《ななみ》ちゃんに聞《き》いた。

『この駅《えき》のおもしろポイントって!?』

七海《ななみ》ちゃんは肩《かた》を揺《ゆ》らしてうふふと笑《わら》う。

「ここの駅《えき》の特徴《とくちょう》って、電車《でんしゃ》が出《で》ていっちゃうと、まったくわからなくなっちゃうのよねえ～」

「電車《でんしゃ》がいなくなると、おもしろポイントが、まったくわからなくなる駅《えき》～？」

僕《ぼく》が頭《あたま》の上《うえ》に「？」を浮《う》かべていると、七海《ななみ》ちゃんは右《みぎ》の人差《ひとさ》し指《ゆび》をピシッと改札口《かいさつぐち》へ向《む》かって伸《の》ばす。


「この駅《えき》のポイントは、外《そと》から見《み》た方《ほう》がわかりやすいの！」

改札口《かいさつぐち》へ向《む》かって歩《ある》き出《だ》した七海《ななみ》ちゃんを、僕《ぼく》らはタタッと追《お》いかけた。芸能人《げいのうじん》を追《お》いかけるレポーターのように後《うし》ろから、七海《ななみ》ちゃんに矢継《やつ》ぎ早《ばや》に質問《しつもん》を繰《く》り返《かえ》す。

「駅《えき》の外《そと》から？　それどういうこと？」

僕《ぼく》が少《すこ》し必死《ひっし》になって聞《き》くと、七海《ななみ》ちゃんはいたずらっ子《こ》のように微笑《ほほえ》む。

「まぁ、それは見《み》てのお楽《たの》しみってことで〜」

うわー、やられた！

「えっ、それを、七海《ななみ》ちゃんが言《い》う!?」

見《み》てのお楽《たの》しみは、僕《ぼく》がよく七海《ななみ》ちゃんに言《い》うセリフだからね！

「今日《きょう》は私《わたし》が言《い》っちゃうよ！　だって、雄太君《ゆうたくん》に鉄道《てつどう》のことを教《おし》えられるチャンスなんて、めったにないんだもん」

僕《ぼく》も大井町線《おおいまちせん》に乗《の》ったことがないわけじゃない。だけど、こういう機会《きかい》でもないと、それぞれの駅《えき》をじっくり見《み》ることはやっぱりできない。

いくら鉄道《てつどう》ファンだといっても、全国《ぜんこく》の全《すべ》ての鉄道《てつどう》に詳《くわ》しくなるのは難《むずか》しくって、地元《じもと》の人《ひと》のほうが詳《くわ》しいことが多《おお》いんだ。七海《ななみ》ちゃんみたいに沿線《えんせん》に住《す》んでいれば日常的《にちじょうてき》に駅《えき》を利用《りよう》するから、一駅《ひとえき》ごとに観察《かんさつ》することもできるし、遠足《えんそく》や社会見学《しゃかいけんがく》で下車《げしゃ》する機会《きかい》だって多《おお》いはずだからね。

九品仏《くほんぶつ》も等々力《とどろき》と同《おな》じく小《ちい》さい駅《えき》だった。スペースがないのでトイレはホームの真《ま》ん中《なか》にあり、ホームの大井町《おおいまち》側《がわ》に自動改札機《じどうかいさつき》が二台並《だいなら》ぶ小《ちい》さな改札口《かいさつぐち》があった。

改札《かいさつ》を抜《ぬ》けた大樹《たいき》が駅舎《えきしゃ》を見上《みあ》げてつぶやく。

「ここもレールの真《ま》ん中《なか》に駅舎《えきしゃ》がありますね」

九品仏《くほんぶつ》も等々力《とどろき》同様《どうよう》、上下線《じょうげせん》のレールの間《あいだ》に駅舎《えきしゃ》がある。けれど出口《でぐち》と踏切《ふみきり》が直結《ちょっけつ》してるわけじゃなくって、駅《えき》を出《で》た目《め》の前《まえ》の道路《どうろ》に踏切《ふみきり》が二《ふた》つ並《なら》んでいた。

ちょっとだけ「うーん」と考《かんが》えこんでいた七海《ななみ》ちゃんは、

「うん、こっちから行《い》こーう!!」

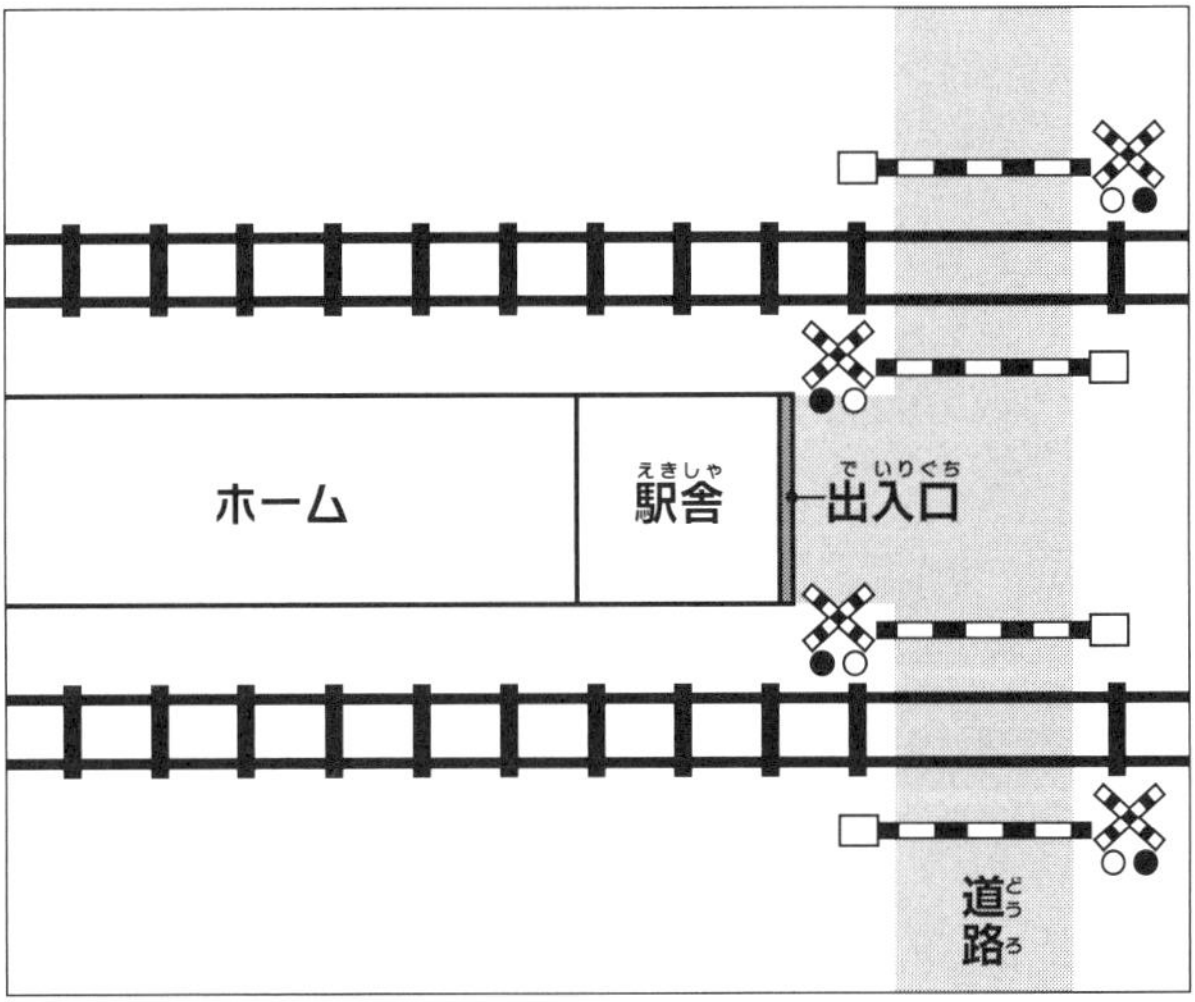

僕《ぼく》らにそう言《い》って、駅舎《えきしゃ》を背《せ》にして左《ひだり》の踏切《ふみきり》をテクテク渡《わた》っていく。

最初《さいしょ》の交差点《こうさてん》まで歩《ある》くと、石畳《いしだたみ》が真《ま》っ直《す》ぐ続《つづ》く参道《さんどう》が見《み》えた。

「この先《さき》にお寺《てら》があるのでしょうか?」

大樹《たいき》は目《め》を細《ほそ》め、参道《さんどう》の先《さき》をじっと見《み》つめる。さすがの大樹《たいき》もここまでは調《しら》べていないようだった。

「この先《さき》に浄真寺《じょうしんじ》っていうお寺《てら》があって、そこに合計《ごうけい》九体《たい》の仏様《ほとけさま》の仏像《ぶつぞう》があるから、『九《く》品仏《ほんぶつ》』って地名《ちめい》になったといわれているの」

七海《ななみ》ちゃんの解説《かいせつ》に、みんなで『そういうことかぁ』と納得《なっとく》する。

「七海《ななみ》さんは大井町線博士《おおいまちせんはかせ》ですね」

「えへへ……大樹君《たいきくん》に言《い》われると、ちょっとうれしいなぁ～」

七海《ななみ》ちゃんは照《て》れながら肩《かた》をすくめた。

七海《ななみ》ちゃんの足取《あしど》りは止《と》まらない。

浄真寺《じょうしんじ》の前《まえ》を通《とお》り過《す》ぎ、等々力《とどろき》方向《ほうこう》に少《すこ》し戻《もど》るように歩《ある》く。

そして次《つぎ》の交差点《こうさてん》で左《ひだり》に曲《ま》がった。二度《ど》左折《させつ》したということは、九品仏《くほんぶつ》の改札口《かいさつぐち》から見《み》るとワの字形《じがた》に歩《ある》いたことになる。

片側《かたがわ》一車線《いっしゃせん》道路《どうろ》の先《さき》には踏切《ふみきり》があり、左側《ひだりがわ》には九品仏《くほんぶつ》のホーム端《たん》が見《み》えている。

要《よう》するに、九品仏《くほんぶつ》の改札《かいさつ》とは反対側《はんたいがわ》にやってきたわけなんだけど、う〜ん……さっぱりわからない。どこにおもしろいものがあるんだろう？　どう見《み》ても普通《ふつう》の駅《えき》だよなぁ。

ここへ来《き》ても僕《ぼく》には九品仏《くほんぶつ》のおもしろポイントがさっぱりわからない。

どこにでもある五メートルほどの踏切《ふみきり》を渡《わた》りきった七海《ななみ》ちゃんは、そこでパチンと足《あし》をそろえて立《た》ち止《ど》まった。

そして、「回《まわ》れ右《みぎ》」をしたので僕《ぼく》たちも同《おな》じように回《まわ》れ右《みぎ》だ。

「はい。ここからなら誰《だれ》にでも、ぜ〜ったいにわかるから！」

口元《くちもと》を両手《りょうて》で隠《かく》すようにして、七海《ななみ》ちゃんはククッと笑《わら》った。手品《てじな》のネタを一人《ひとり》だけ知《し》っている七海《ななみ》ちゃんは、どうやら、楽《たの》しくってしかたないらしい。

「ここから見《み》ていればわかる〜？　本当《ほんとう》に〜？」

側《そば》に立《た》って僕《ぼく》は真剣《しんけん》にホームを見《み》つめた。

「普通《ふつう》の駅《えき》にしか見《み》えないよねぇ」

さくらちゃんが僕《ぼく》の耳元《みみもと》にささやく。

カンカンカンカン……。

溝《みぞ》の口方面《くちほうめん》から踏切《ふみきり》の警報《けいほう》が聞《き》こえてきたとたん、七海《ななみ》ちゃんが僕《ぼく》らの顔《かお》を見回《みまわ》した。

「よ〜し!! 電車《でんしゃ》が来《く》るから、みんなしっかり目《め》を開《あ》けて、見《み》ていてよー!」

「わかった!」

僕《ぼく》は、まばたきもしないように注意《ちゅうい》して踏切《ふみきり》にじっと注目《ちゅうもく》する。

その時《とき》、目《め》の前《まえ》の踏切《ふみきり》の警報機《けいほうき》も鳴《な》りだし、遮断機《しゃだんき》がゆっくり下《さ》がりはじめた。

道路《どうろ》を走《はし》ってきた車《くるま》も遮断機《しゃだんき》の後《うし》ろに停車《ていしゃ》して、車《くるま》の列《れつ》が長《なが》くなっていく。

グウウウウウン……。

そこに9000系《けい》を使用《しよう》した各駅停車《かくえきていしゃ》が近《ちか》づいてくる。

ガタンゴトン……ガタンゴトン……ガタンゴトン……。

九品仏《くほんぶつ》に停車《ていしゃ》する電車《でんしゃ》だ。減速《げんそく》しながら踏切《ふみきり》に入《はい》ってきて、大《おお》きな車輪《しゃりん》をキラキラと輝《かがや》かせながら、僕《ぼく》らの目《め》の前《まえ》をゆっくりと通過《つうか》していく。

一両《りょう》……二両《りょう》……三両《りょう》……四両《りょう》……。

あと一両《りょう》で全《すべ》ての車両《しゃりょう》が踏切《ふみきり》を通過《つうか》しようとした時《とき》、僕《ぼく》の目《め》が真《ま》ん丸《まる》になった。

キィイイイイイイイイイイン！　ガァアア。

さくらちゃんの口《くち》があんぐり開《あ》いているのがわかる。

「え――――――――――――――――っ!!」

さくらちゃんにとっては、今日《きょう》一番《いちばん》のびっくりポイントだったらしい。

だって、五両編成《りょうへんせい》の電車《でんしゃ》は九品仏《くほんぶつ》の短《みじか》いホームには入《はい》りきれずに、一番後《いちばんうし》ろの一両《りょう》がハミ出《で》てしまい、踏切《ふみきり》の真《ま》ん中《なか》で停車《ていしゃ》していたんだから。

「なっ、なにこれ〜!?」

驚《おどろ》くさくらちゃんに、七海《ななみ》ちゃんは顔《かお》を寄《よ》せた。

「九品仏《くほんぶつ》はホームが短《みじか》いから、最後《さいご》の一両《りょう》はハミ出《だ》しちゃってドアが開《あ》かないの。……でもね……」

確《たし》かに踏切《ふみきり》にかかっていた車両《しゃりょう》のドアは閉《し》まったままだった。

でも、これまでにたくさんの電車《でんしゃ》に乗《の》ってきた僕《ぼく》と大樹《たいき》は、この程度《ていど》では驚《おどろ》かない。

だって列車《れっしゃ》がホームからハミ出《だ》してしまう駅《えき》は、ほかにもちょこちょことあるから。

「江《え》ノ島電鉄《しまでんてつ》の腰越《こしごえ》も、一両《りょう》がドアカットされていましたね」

駅《えき》で列車《れっしゃ》の全《すべ》てのドアを開《あ》けられない状態《じょうたい》のことを「ドアカット」って言《い》うんだ。

眼鏡《めがね》のフレームに手《て》をそえて、冷静《れいせい》に微笑《ほほえ》む大樹《たいき》に僕《ぼく》も続《つづ》く。

「確《たし》か、名古屋鉄道《なごやてつどう》の西枇杷島《にしびわじま》も六両編成《りょうへんせい》の時《とき》は、後《うし》ろ二両《りょう》のドアが開《あ》かなかったよ」

そんな余裕《よゆう》の笑顔《えがお》の僕《ぼく》らに向《む》かって、七海《ななみ》ちゃんはふふっと笑《わら》う。

「ここは、そういう駅《えき》とは一味違《ひとあじちが》うよ〜」

『一味違《ひとあじちが》う？』

僕《ぼく》らがきょとんとしていると、七海《ななみ》ちゃんがビシッと列車《れっしゃ》の最後尾《さいこうび》を指差《ゆびさ》す。

「車掌《しゃしょう》さんに注目《ちゅうもく》！」

「車掌《しゃしょう》さん？　でも、ホームがないんだから降《お》りられ――」

そこで僕《ぼく》と大樹《たいき》は、さっきのさくらちゃんよりも、もっと驚《おどろ》いてしまった。


『**マジで――――――――――――――――――――!!**』

思《おも》わず目《め》を疑《うたが》った。

踏切《ふみきり》の左側《ひだりがわ》にも木製《もくせい》のステージのようなホームが飛《と》び地《ち》のようにあって、車掌《しゃしょう》さんはそこに出《で》てきて車両《しゃりょう》のドアを開《ひら》いたのだ。

ドアカットを行《おこな》う場合《ばあい》、たいてい車掌《しゃしょう》さんは車両《しゃりょう》に乗《の》ったままだ。

だけど、九品仏《くほんぶつ》には車掌《しゃしょう》さんにしか立《た》てない、特別《とくべつ》なホームがあったのだ！

専用《せんよう》ホームに立《た》った車掌《しゃしょう》さんは、そこにあるホーム監視用《かんしよう》モニタと自分《じぶん》の目《め》で安全《あんぜん》を確《かく》認《にん》し、笛《ふえ》を鳴《な》らしてからドアをプシュュと閉《し》める。

車掌《しゃしょう》さんが乗《の》りこむと、電車《でんしゃ》は大井町《おおいまち》方面《ほうめん》へ向《む》かって走《はし》っていく。

警報《けいほう》が鳴《な》りはじめてから、電車《でんしゃ》が通《とお》り過《す》ぎるまで踏切《ふみきり》はずっと閉《し》まりっ放《ぱな》しだった。

列車《れっしゃ》が去《さ》って遮断機《しゃだんき》が上《あ》がると、七海《ななみ》ちゃんはみんなの顔《かお》を見回《みまわ》す。

「どう？　おもしろかった〜？」

もちろん、みんなの意見《いけん》はピッタリ一致《いっち》。

『おもしろかったよっ！』

七海《ななみ》ちゃんはすごくうれしそうに、胸《むね》の前《まえ》でパチンと両手《りょうて》を合《あ》わせた。

「よかったぁ〜！」

「もう一回《いっかい》、見《み》ようよ!!　おもしろすぎる！」

「見《み》たい、見《み》たい！」

僕《ぼく》らは、踏切《ふみきり》の横《よこ》に立《た》ち、何本《なんぼん》かの電車《でんしゃ》を見《み》た。

そして発見《はっけん》した。車掌《しゃしょう》さんが専用《せんよう》ホームに立《た》つのは、大井町《おおいまち》行各駅停車《いきかくえきていしゃ》の時《とき》だけだってこと。溝《みぞ》の口《くち》へ向《む》かう時《とき》にはハミ出《だ》しているのは先頭車《せんとうしゃ》なので、車掌《しゃしょう》さんは専用《せんよう》ホームに降《お》りることはない。それに急行《きゅうこう》は停車《ていしゃ》することなく九品仏《くほんぶつ》を通過《つうか》していくからね。

みんなケータイを取《と》り出《だ》して、車掌《しゃしょう》さんが特別《とくべつ》なホームに降《お》りているところを撮《と》ったが、画像《がぞう》を確認《かくにん》したさくらちゃんは深《ふか》いため息《いき》をつく。

「これじゃあブログに上《あ》げても、すごさが伝《つた》わらな〜い!!」

残念《ざんねん》なことに、画像《がぞう》だけだと普通《ふつう》に車掌《しゃしょう》さんがホームに立《た》っているようにしか見《み》えない

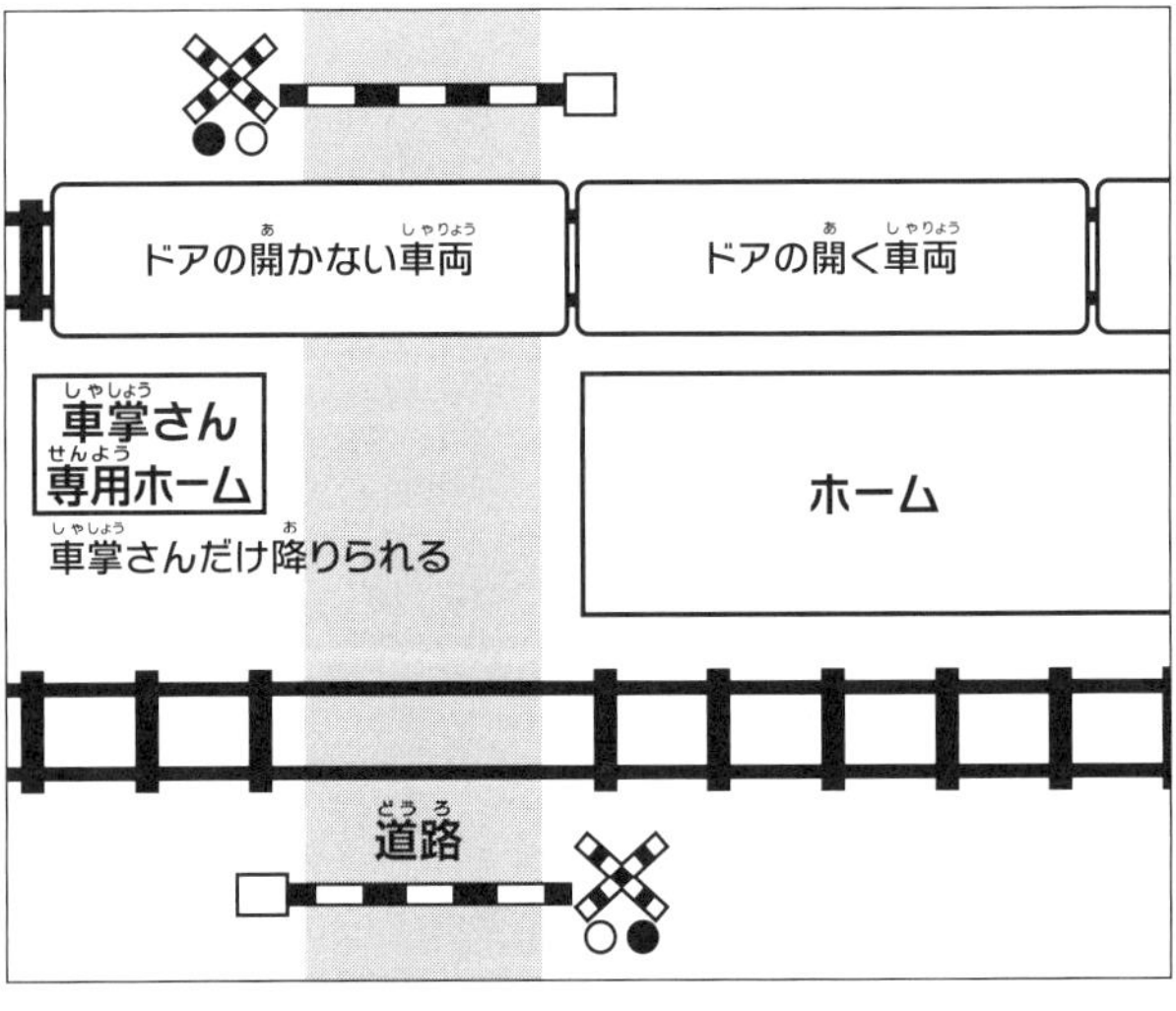

んだ。

「おもしろ駅《えき》は一見《いっけん》にしかず。やっぱり、実際《じっさい》に駅《えき》へ行《い》ってみないとねっ！」

僕《ぼく》がそう言《い》うと、さくらちゃんは微笑《ほほえ》んだ。

「そうね！　自分《じぶん》の目《め》で見《み》て、自分《じぶん》の足《あし》で歩《ある》いて、実際《じっさい》に電車《でんしゃ》に乗《の》るってことが大事《だいじ》ね」

来《き》た道《みち》とは違《ちが》うルートを歩《ある》いて、駅《えき》を一周《いっしゅう》するようにして改札口《かいさつぐち》へと戻《もど》る。

ホームに入《はい》って天井《てんじょう》の時計《とけい》を見上《みあ》げると、10時《じ》半《はん》を少《すこ》し回《まわ》ったところだった。

2番線《ばんせん》の列車《れっしゃ》案内板《あんないばん》には、次の大井町《おおいまち》行《いき》は10時《じ》35分《ふん》発《はつ》と出《で》ている。

しばらくするとその電車《でんしゃ》がやってきたので、僕《ぼく》らは先頭車《せんとうしゃ》に乗《の》りこんだ。

電車《でんしゃ》は七海《ななみ》ちゃん家《ち》の最寄《もよ》り駅《えき》である自由《じゆう》が丘《おか》、緑《みどり》が丘《おか》、大岡山《おおおかやま》、北千束《きたせんぞく》と停車《ていしゃ》しながら各駅停車《かくえきていしゃ》で進《すす》む。

《次《つぎ》の停車駅《ていしゃえき》は旗《はた》の台《だい》、旗《はた》の台《だい》です》

「蒲田《かまた》へ行《い》くなら、次《つぎ》の駅《えき》で池上線《いけがみせん》に乗《の》り換《か》えなのですが……」

乗《の》りつぶしマップを塗《ぬ》りつつ大樹《たいき》がつぶやく。

僕《ぼく》もマップの旗《はた》の台《だい》まで蛍光《けいこう》ペンで塗《ぬ》ったけど、少《すこ》し塗《ぬ》り残《のこ》した大井町線《おおいまちせん》が気《き》になってならない。
鉄道《てつどう》ファンとしては、ここまで来《き》たらやっぱり、大井町線《おおいまちせん》を最後《さいご》まで乗《の》りたくなる。
僕《ぼく》が顔《かお》を上《あ》げると、みんなも同《おな》じような顔《かお》をしていた。
きっと、気持《きも》ちは一緒《いっしょ》だね！
「みんなっ！　このまま大井町線《おおいまちせん》を完乗《かんじょう》しない？」
鉄道《てつどう》ファンの間《あいだ》では、全路線《ぜんろせん》に乗《の》ることを「完乗《かんじょう》」って言《い》うんだ。
その瞬間《しゅんかん》にみんなが笑顔《えがお》に変《か》わった。
『さんせ――――!!』
というわけで、僕《ぼく》らはこのまま大井町《おおいまち》まで行《い》くことにした。

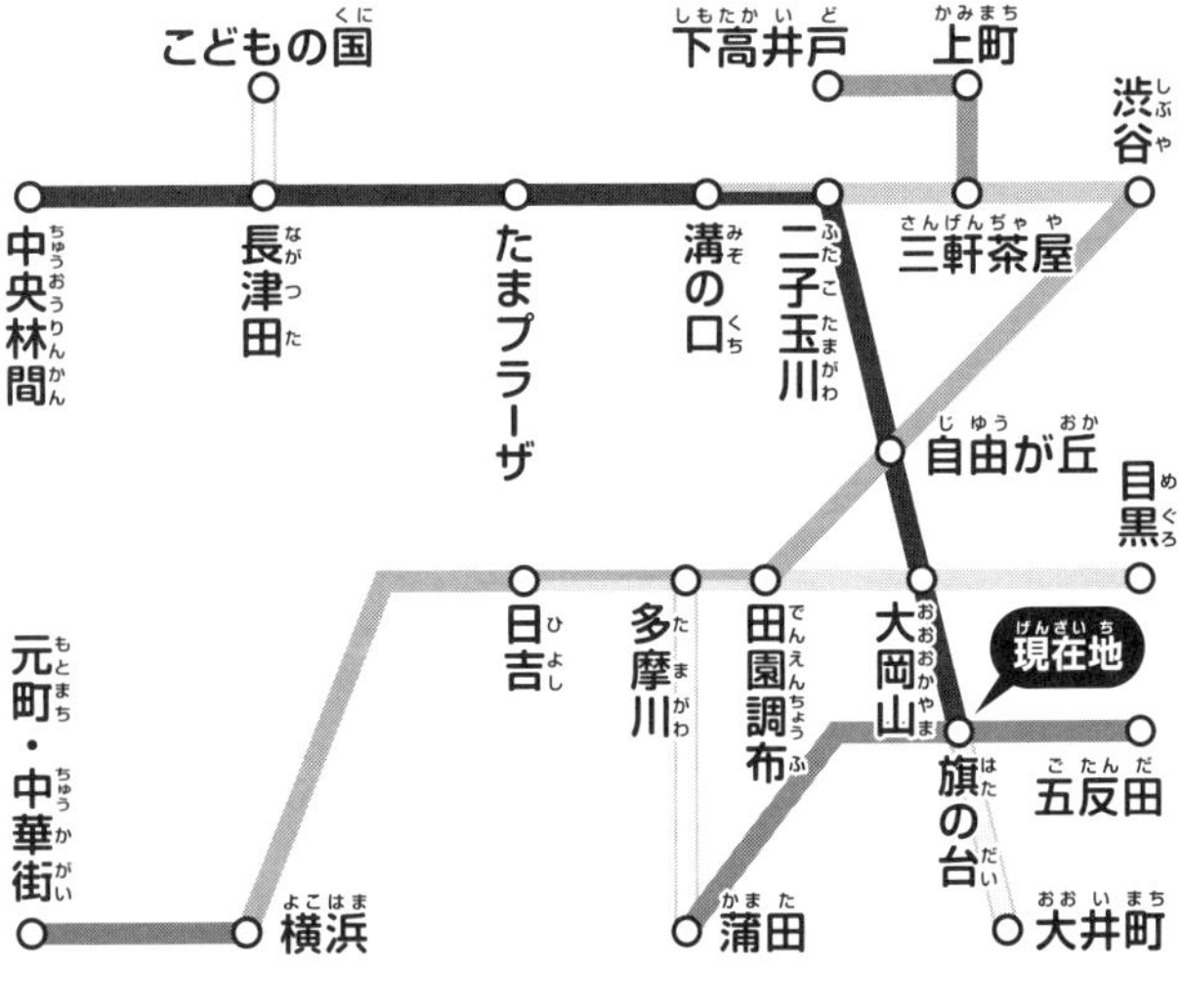

その時《とき》、ふいに僕《ぼく》はあることを思《おも》い出《だ》して思《おも》わずパチンと指《ゆび》を鳴《な》らした。さくらちゃんが振《ふ》り向《む》く。

「どうしたの？　雄太君《ゆうたくん》」

「今《いま》、思《おも》い出《だ》したんだ。大井町線《おおいまちせん》のとっておきの場所《ばしょ》！」

「雄太君《ゆうたくん》もなにか知《し》っていたの？　教《おし》えて！　雄太君《ゆうたくん》のおすすめスポット！」

僕《ぼく》はしっかりとうなずく。

「みんなも見《み》たい？」

七海《ななみ》ちゃんが「はーい」と手《て》をあげ、大樹《たいき》は眼鏡《めがね》のサイドに手《て》を当《あ》て冷静《れいせい》に言《い》った。

「もちろんです。断《ことわ》る理由《りゆう》がありませんね」

「了解《りょうかい》！　じゃあ、大井町《おおいまち》の一《ひと》つ手前《てまえ》の下神明《しもしんめい》で下車《げしゃ》するよ〜」

「下神明《しもしんめい》？　あそこって、おもしろ駅《えき》だったっけ？」

七海《ななみ》ちゃんは、首《くび》を傾《かし》げた。

「おもしろ駅《えき》……というか、おもしろスポットなんだぁ」

「おもしろスポット？」

大井町線博士《おおいまちせんはかせ》の七海《ななみ》ちゃんが知《し》らないことを知《し》っていた僕《ぼく》は、うれしくなってワクワクしてきた。

旗《はた》の台《だい》、荏原町《えばらまち》、中延《なかのぶ》、戸越公園《とごしこうえん》と停車《ていしゃ》しながら進《すす》んでいくと、やがて車掌《しゃしょう》さんの車内《しゃない》アナウンスが聞《き》こえてきた。

《次《つぎ》は下神明《しもしんめい》、下神明《しもしんめい》です。下神明《しもしんめい》の次《つぎ》は終点《しゅうてん》の大井町《おおいまち》です》

電車《でんしゃ》はグォンと速度《そくど》を落《お》として下神明《しもしんめい》に停車《ていしゃ》。

僕《ぼく》らは高架《こうか》になっているホームに降《お》り立《た》った。

ここへ初《はじ》めて降《お》りた人《ひと》が言《い》う言葉《ことば》は決《き》まっている。

『狭《せま》っ！』

相対式《そうたいしき》となっている下神明《しもしんめい》のホームは幅《はば》一メートルほどしかない。あまりにも狭《せま》すぎて、黄色《きいろ》の点字《てんじ》ブロックがホームの壁《かべ》に沿《そ》うような位置《いち》に並《なら》べられているほどだ。

走《はし》り出《だ》した電車《でんしゃ》が巻《ま》き起《お》こす強《つよ》い風《かぜ》に吹《ふ》き飛《と》ばされないように、僕《ぼく》らは忍者《にんじゃ》のように壁《かべ》に張《は》りついて一列《れつ》で歩《ある》いた。

下神明《しもしんめい》は比較的新《ひかくてきあたら》しい駅《えき》でキレイだけど、これといって特徴《とくちょう》はない。

上下線《じょうげせん》を挟《はさ》むようにホームが並《なら》び、駅舎《えきしゃ》にはアーチ状《じょう》の白《しろ》い屋根《やね》がかかっていた。

「どこが変《か》わっているの？」

そう聞《き》く七海《ななみ》ちゃんに、僕《ぼく》はいつものように返《かえ》す。

「まぁそれは見《み》てのお楽《たの》しみってことで〜」

「やっぱり！　そう言《い》うと思《おも》った〜」

七海《ななみ》ちゃんは吹《ふ》き出《だ》した。

その時《とき》、ホームに警告音《けいこくおん》が鳴《な》り響《ひび》き、急行列車《きゅうこうれっしゃ》がやってくる。

「あの電車《でんしゃ》、なんだか笑《わら》っているみた〜い」

さくらちゃんは、黒《くろ》の正面《しょうめん》を指差《ゆびさ》しながらフフッと笑《わら》う。

運転台《うんてんだい》の下《した》の白《しろ》いラインがゆるいU字形《ユージがた》なので、ニンマリ笑《わら》った口《くち》に見《み》えるんだ。

「あれは東急《とうきゅう》の最新型《さいしんがた》の車両《しゃりょう》の一《ひと》つ、６０２０系《けい》ですね」

大樹《たいき》の解説《かいせつ》を聞《き》きながら、僕《ぼく》らは白《しろ》とオレンジのラインの入《はい》った銀《ぎん》の車体《しゃたい》を目《め》で追《お》った。

駅中央《えきちゅうおう》は少《すこ》し広《ひろ》くなっていて、上下《じょうげ》エスカレーターが並《なら》んでいる。僕《ぼく》らは下《した》へ向《む》かうエスカレーターに乗《の》って改札階《かいさつかい》へと下《お》りていく。

少《すこ》し長《なが》めのエスカレーターを下《お》り、まるで高架《こうか》のガード下《した》のようなコンクリート製《せい》の天《てん》井《じょう》の高《たか》い駅構内《えきこうない》を歩《ある》く。そして三《みっ》つ並《なら》んでいる自動改札機《じどうかいさつき》を通《とお》り抜《ぬ》ける。

「こうして、何度《なんど》も途中下車《とちゅうげしゃ》できるのは本当《ほんとう》に楽《たの》しいですね」

微笑《ほほえ》む大樹《たいき》に、さくらちゃんもうなずく。

「まだ午前中《ごぜんちゅう》だけど、もうめっちゃ得《とく》した気《き》がするねっ！」

「等々力渓谷《とどろきけいこく》を歩《ある》いたり、おもしろ駅《えき》を外《そと》から見《み》たり。それがなかったらきっと、僕《ぼく》らの今日《きょう》の東急線《とうきゅうせん》の感想《かんそう》は、かなり違《ちが》ったものになっていましたからね」

僕《ぼく》も大樹《たいき》の意見《いけん》に同感《どうかん》。

下神明《しもしんめい》の駅《えき》は一見《いっけん》、普通《ふつう》だけれど、振《ふ》り返《かえ》って見《み》ると入口《いりぐち》が少《すこ》し変《へん》。

改札口《かいさつぐち》の前《まえ》には大井町線《おおいまちせん》の高架《こうか》を支《ささ》えるコンクリート支柱《しちゅう》が両側《りょうがわ》にデンデンと突《つ》き刺《さ》さっていて、門柱《もんちゅう》か鳥居《とりい》みたいな感《かん》じなんだ。

僕《ぼく》を先頭《せんとう》に、右《みぎ》へU《ユー》ターンするように進《すす》み、タコの形《かたち》の大《おお》きな遊具《ゆうぐ》のある公園《こうえん》を左手《ひだりて》に見《み》ながら、大井町線《おおいまちせん》の高架脇《こうかわき》を歩《ある》いた。

道《みち》はどんどん細《ほそ》くなり「この先《さき》、行《い》き止《ど》まり」の看板《かんばん》があらわれる。

やがて、左《ひだり》には工事用《こうじよう》の高《たか》い白《しろ》いフェンスが見《み》えてきた。

「この道《みち》で本当《ほんとう》にいいの？　雄太君《ゆうたくん》。間違《まちが》ってないよね」

さくらちゃんは、周囲《しゅうい》をキョロキョロ見回《みまわ》しながらつぶやく。

「大丈夫《だいじょうぶ》。ここは小《ちい》さい頃《ころ》に、何度《なんど》も来《き》た場所《ばしょ》なんだ……」

「何度《なんど》も？」

さくらちゃんが聞《き》き返《かえ》した瞬間《しゅんかん》に行《い》き止《ど》まりとなった。

僕《ぼく》は両手《りょうて》をジャジャーンと広《ひろ》げて、自慢《じまん》げに胸《むね》を張《は》った。

「ここが僕《ぼく》おすすめの、おもしろスポットだよっ！」

みんなはポカーンとして、僕《ぼく》の顔《かお》を覗《のぞ》きこむ。

どう見《み》ても「いまいち……」、もしくは「なんなの？」って雰囲気《ふんいき》。

「ここのなにが、おもしろいのか説明《せつめい》してくれないか？」

みんなを代表《だいひょう》して、大樹《たいき》が僕《ぼく》に聞《き》き返《かえ》す。

その時《とき》、左《ひだり》の方《ほう》からカンカンという踏切《ふみきり》の警報音《けいほうおん》が聞《き》こえてきた。

そこで、僕《ぼく》はフムと腕《うで》を組《く》んだ。

「論《ろん》より証拠《しょうこ》。おもしろ駅《えき》は一見《いっけん》にしかずだよ！　みんな、目《め》をしっかり開《あ》けておいてよ」

その瞬間《しゅんかん》、左《ひだり》から赤《あか》い屋根《やね》を持《も》つ白《しろ》い車体《しゃたい》が滑《すべ》りこんできた！

「えっ!?　成田《なりた》エクスプレス!?」

横浜方面《よこはまほうめん》からやってきた成田《なりた》エクスプレスが、ドドンドドンと目《め》の前《まえ》を走《はし》り抜《ぬ》けていくのを大樹《たいき》は息《いき》をのんで見《み》つめた。

さくらちゃんと七海《ななみ》ちゃんの目《め》も、電車《でんしゃ》にくぎづけだ。

「ここは電車《でんしゃ》のビュースポットなんだ。横須賀線《よこすかせん》や湘南新宿《しょうなんしんじゅく》ラインが通《とお》っているから、踊《おど》り子号《こごう》なんかで使《つか》われる１８５系《けい》や成田《なりた》エクスプレスを見《み》ることができるんだよ！」

「知《し》らなかった！　大井町線《おおいまちせん》の下《した》をＪＲ《ジェイアール》が通《とお》っていたんだね！」

そうつぶやいた七海《ななみ》ちゃんに、僕《ぼく》はクイクイとさらに上《うえ》を指差《ゆびさ》す。

「それだけじゃないよ！」

僕《ぼく》にうながされて、みんなが上《うえ》を見上《みあ》げる。

そこには在来線《ざいらいせん》に沿《そ》うように走《はし》り、大井町線《おおいまちせん》をまたぐように設置《せっち》された高《たか》い高架橋《こうかきょう》があった。そしてすぐに東京方面《とうきょうほうめん》からシュンシュンと音《おと》が響《ひび》いてきた。

この音《おと》！　鉄道《てつどう》ファンなら誰《だれ》でもわかる音《おと》だ。
僕《ぼく》らは全員《ぜんいん》で高架橋《こうかきょう》を指差《ゆびさ》して叫《さけ》ぶ！

『新幹線《しんかんせん》だ――――!!』


白《しろ》と青《あお》に塗《ぬ》られた車体《しゃたい》をキラリと輝《かがや》かせながら、一番高《いちばんたか》い線路《せんろ》の上《うえ》をN《エヌ》700系《けい》が勢《いきお》いよく駆《か》け抜《ぬ》けていく。

「ここは地上《ちじょう》をJR《ジェイアール》在来線《ざいらいせん》が、その上《うえ》を東急《とうきゅう》大井町線《おおいまちせん》が、さらにその上《うえ》を東海道新幹線《とうかいどうしんかんせん》が走《はし》る『トリプルクロス』ポイントなんだっ！」

『おぉ〜!!』

まるで複雑《ふくざつ》な立体交差《りったいこうさ》を持《も》つ高速道路《こうそくどうろ》のイ

ンターチェンジのように、三《みっ》つの線路《せんろ》はぶつからないように、うまく重《かさ》なり合《あ》っている。

僕《ぼく》も色々《いろいろ》なところの鉄道《てつどう》を見《み》たけど、こういったトリプルクロスは珍《めずら》しい。

そして、鉄道《てつどう》ファンがここへ来《く》れば、誰《だれ》でも思《おも》うことがある。

「全《すべ》ての電車《でんしゃ》が同時《どうじ》に重《かさ》なるところが見《み》たいよね〜！」

さくらちゃんがまさにそのことをズバッと言《い》いあてた。

「そう思《おも》っちゃうよね〜。たぶん、そんなタイミングもあると思《おも》うけど……僕《ぼく》はまだ見《み》たことないなぁ」

その瞬間《しゅんかん》、さくらちゃんが僕《ぼく》の肘《ひじ》をパシッ

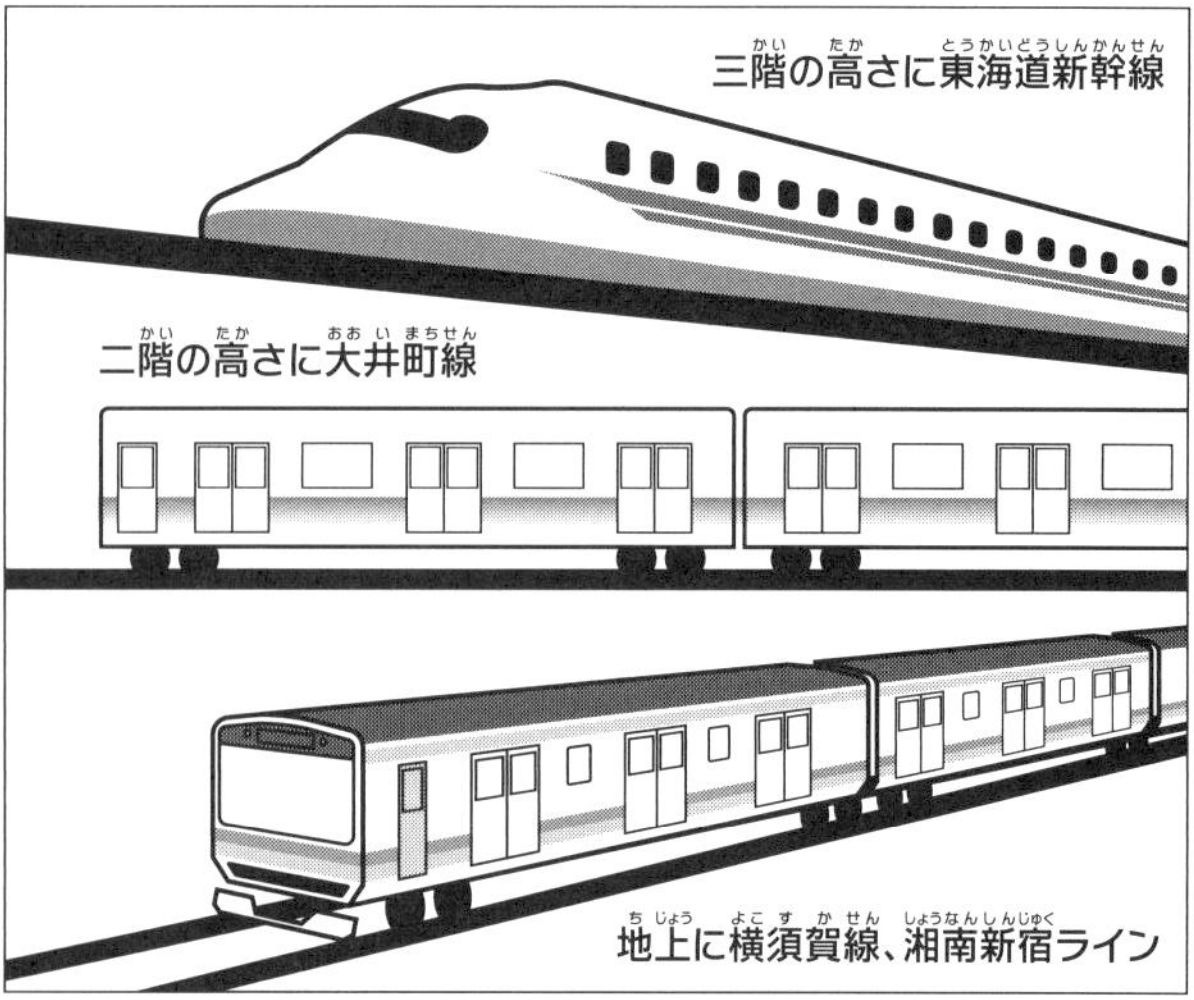

とつかむ。

「じゃあ、少《すこ》し見《み》ていこうよ！　もしかしたら見《み》られるかもしれないじゃない」

「私《わたし》も見《み》てみた～い!!　そんなタイミングに出会《であ》えたら幸《しあわ》せになれそうだもん！」

なぜかトリプルクロスは、女子《じょし》チームのハートを鷲《わし》づかみ。

「大樹《たいき》、少《すこ》しいいか？　って……あっ、あれ？」

大樹《たいき》は東急線電車時刻表《とうきゅうせんでんしゃじこくひょう》とJR《ジェイアール》時刻表《じこくひょう》を取《と》り出《だ》して、パラパラと素早《すばや》くめくりながらブツブツとつぶやいている。

「えっと……今《いま》は11時前《じまえ》だから……次《つぎ》の横須賀線《よこすかせん》は……いや、違《ちが》う！　新幹線《しんかんせん》が品川《しながわ》からここまで何分《なんぷん》で来《く》るか正確《せいかく》に予測《よそく》……えっと……」

大樹《たいき》はトリプルクロスになる瞬間《しゅんかん》を、計算《けいさん》から割《わ》り出《だ》そうとしているようだった。

でっ……できるの？　そんなこと!?

大樹《たいき》の目《め》がキラキラ輝《かがや》いている。すごくワクワクしていることがその表情《ひょうじょう》から伝《つた》わってきて、とてもなにか話《はな》しかけられる雰囲気《ふんいき》じゃなかった。

「……トリプルクロスになるかどうかはわからないけど～」

『いいのっ！』

さくらちゃんと七海《ななみ》ちゃんが、二人声《ふたりごえ》をそろえて言《い》った。

僕《ぼく》らはここで、しばらく電車《でんしゃ》を眺《なが》めることにした。

もちろん、僕《ぼく》もこうして次々《つぎつぎ》にやってくる電車《でんしゃ》を見《み》ているのが小《ちい》さい頃《ころ》から大好《だいす》き。

「今度《こんど》はトリプルクロスかも!?」

「今《いま》、来《こ》い、新幹線《しんかんせん》！」

「来《き》た来《き》た～！　横須賀線《よこすかせん》の電車《でんしゃ》が来《き》たよ～!!」

新幹線《しんかんせん》の音《おと》が近《ちか》づいて来《く》るたびに、在来線《ざいらいせん》の踏切《ふみきり》が鳴《な》りはじめるたびに、大井町線《おおいまちせん》の高《こう》架《か》の上《うえ》を電車《でんしゃ》が走《はし》ってくる音《おと》が聞《き》こえるたびに盛《も》りあがる。

「うわぁ～ダブルクロスなのに、大井町線《おおいまちせん》だけ来《こ》ない～」

「えー――っ新幹線《しんかんせん》速《はや》すぎ！」

「せっかく踊《おど》り子号《こごう》だったのにぃ！」

そして、一本《いっぽん》でもそろわないと、みんなでいっせいに『あぁ～おしい』とため息《いき》をついてしまう。

その間《あいだ》も大樹《たいき》は必死《ひっし》に時刻表《じこくひょう》と戦《たたか》っていた。

けれどあっという間《ま》に時間《じかん》が経《た》ち、気《き》がつけば11時《じ》。

「みんな～、そろそろ行《い》こうか。動《うご》き出《だ》さないと、東急線《とうきゅうせん》にあまり乗《の》れなくなっちゃうよ」

すっかり盛《も》りあがっていた女子二人《じょしふたり》は、口《くち》をとがらせる。

『えーーーっ!?　もう～～～!?』

そんな、僕《ぼく》がなにか楽《たの》しいことをやめさせたみたいに言《い》われても……。

「もうちょっと見《み》てたいのに」

いやいや！　今日《きょう》のお使《つか》いは七海《ななみ》ちゃんのだよ!?

さくらちゃんが不満《ふまん》そうな七海《ななみ》ちゃんの肩《かた》をパシンと叩《たた》いた。

「しょうがないよ。また今度来《こんどこ》ようよ！」

「そうだねえ、時間《じかん》がある時《とき》にまた来《く》ればいいよねっ」

その時《とき》、大樹《たいき》が二《ふた》つの時刻表《じこくひょう》をバシンと閉《と》じる音《おと》がした。

「絶対《ぜったい》にここへ一緒《いっしょ》に、また来《き》ましょう！　七海《ななみ》さん」

大樹《たいき》は珍《めずら》しく鼻息《はないき》が荒《あら》く、目《め》はギラギラと血走《ちばし》っていた。

「どっ、どうしたの……大樹君《たいきくん》？」

さすがに七海《ななみ》ちゃんも少《すこ》し引《ひ》きぎみ。

「リベンジです！」


『リベンジ〜？』


僕《ぼく》ら三人《にん》で聞《き》き返《かえ》すと、大樹《たいき》は眼鏡《めがね》の真《ま》ん中《なか》にすっと右《みぎ》の人差《ひとさ》し指《ゆび》を当《あ》てる。

「残念《ざんねん》ながら本日《ほんじつ》は時間切《じかんぎ》れです。しかし、僕《ぼく》が全《すべ》ての時刻表《じこくひょう》を詳《くわ》しく調《しら》べあげて、ここでトリプルクロスの起《お》きる時刻《じこく》を、絶対《ぜったい》に計算《けいさん》ではじき出《だ》します！」

大樹《たいき》の顔《かお》からは悔《くや》しさがにじみ出《で》ていたが、時刻表鉄《じこくひょうてつ》としての新《あたら》しい課題《かだい》を見《み》つけられたことに興奮《こうふん》しているようだった。

「こういう場所《ばしょ》の通過時刻《つうかじこく》は、時刻表《じこくひょう》に載《の》っていないもんね」

僕《ぼく》がそう言《い》うと、大樹《たいき》は両手《りょうて》をぐっと握《にぎ》りしめた。

「そのとおりです。今《いま》まで僕《ぼく》は駅《えき》に到着《とうちゃく》する時刻《じこく》と出発《しゅっぱつ》する時刻《じこく》だけを追《お》いかけていましたけど、実《じつ》は『駅《えき》と駅《えき》の間《あいだ》にも電車《でんしゃ》は走《はし》っているのだ』と、今《いま》、思《おも》い知《し》ったのです！」

燃《も》え上《あ》がるポイントがわかりにくいよ～時刻表鉄《じこくひょうてつ》。

けれど今《いま》、大樹《たいき》の前《まえ》に黄金《おうごん》に輝《かがや》く鉄道《てつどう》の神様《かみさま》が降《お》りてきて、新《あら》たな目標《もくひょう》を指《さ》し示《しめ》してくれたらしいということだけは伝《つた》わってきた。

そんな大樹《たいき》に向《む》かって、七海《ななみ》ちゃんはニコリと微笑《ほほえ》む。

「大樹君《たいきくん》、よろしくね！　私《わたし》、トリプルクロスを見《み》た～い!!」

「私《わたし》も見《み》てみたいよっ！　トリプルクロス」

振《ふ》り返《かえ》った大樹《たいき》は、少《すこ》し頭《あたま》を下《さ》げて「はい！」と両腕《りょううで》に力《ちから》をこめた。

「まかせてください。次回《じかい》は必《かなら》ず皆《みな》さんにトリプルクロスを見《み》せてさしあげます」

決意表明《けついひょうめい》のような意気《いき》ごみで大樹《たいき》が言《い》ったのがおかしくて、笑《わら》いあった。僕《ぼく》らの笑《わら》い声《ごえ》が新幹線《しんかんせん》や大井町線《おおいまちせん》の高架《こうか》に跳《は》ね返《かえ》って、心地《ここち》よく響《ひび》いていた。

6 昔《むかし》のおばあちゃん

下神明発《しもしんめいはつ》11時《じ》14分《ぷん》の各駅停車《かくえきていしゃ》に乗《の》って、僕《ぼく》らは終点《しゅうてん》の大井町《おおいまち》へ向《む》かった。

電車《でんしゃ》が減速《げんそく》を始《はじ》めると、さくらちゃんが僕《ぼく》にささやく。

「ここ、たまに来《く》るよ。いつもは車《くるま》でだけどね」

「大井町《おおいまち》に、なにをしに来《く》るの？」

さくらちゃんは左《ひだり》に見《み》える、青《あお》と赤《あか》の倉庫《そうこ》のような建物《たてもの》を指《ゆび》さした。

「ミュージカルを見《み》に。あの建物《たてもの》が劇場《げきじょう》なの」

大井町駅《おおいまちえき》の直前《ちょくぜん》に建《た》つ巨大《きょだい》な建物《たてもの》の壁《かべ》には、CM《シーエム》でも聞《き》いたことのある有名《ゆうめい》なミュージカルのタイトルがドーンと書《か》かれていた。

「あっ！　あのライオンのお話《はなし》なら、僕《ぼく》、アニメで見《み》たことあるよ！」

「ここでは色々《いろいろ》なミュージカルをやってるんだよ。演技《えんぎ》の勉強《べんきょう》も兼《か》ねて見《み》にくるの」

「へぇ〜、すごいなぁ。僕《ぼく》、ミュージカルなんて見《み》たことないよ」

僕《ぼく》は少《すこ》し尊敬《そんけい》しながら言《い》うと、さくらちゃんはニコッと笑《わら》う。

「とっても楽《たの》しいよ！　感動《かんどう》しちゃう作品《さくひん》もあるし、次《つぎ》は絶対《ぜったい》、一緒《いっしょ》に行《い》こうよ。きっと雄太君《ゆうたくん》も気《き》に入《い》ると思《おも》うよ！」

ふっと、さくらちゃんと会《あ》っていなかったら、僕《ぼく》がミュージカルを見《み》ることなんてなかっただろうなあと思《おも》った。そしてそんなチャンスが突然現《とつぜんあらわ》れることに、僕《ぼく》はちょっと不思《ふし》議《ぎ》な気持《きも》ちになった。

「じゃあ、今度《こんど》チャンスがあったら誘《さそ》って！」

「わかった。雄太君《ゆうたくん》と二人《ふたり》でミュージカルを見《み》られるなんて楽《たの》しみ！　デートみたいね」

「ふ、二人《ふたり》で？　デート!?」

かっと顔《かお》が熱《あつ》くなる。ドギマギしている僕《ぼく》を、さくらちゃんは不思議《ふしぎ》そうな目《め》で見《み》た。

「どうかしたの？」

「いやいやいや、なんでもない……」

僕《ぼく》は頭《あたま》を冷《ひ》やすためにも、開《ひら》いたドアから真《ま》っ先《さき》にホームへ飛《と》び出《だ》した。

大井町駅《おおいまちえき》1番線《ばんせん》に到着《とうちゃく》したのは11時《じ》16分《ぷん》。

おもしろ駅《えき》だらけだった大井町線《おおいまちせん》の終点《しゅうてん》である大井町《おおいまち》は、ホームが行《い》き止《ど》まりとなっている頭端式《とうたんしき》で、1番線《ばんせん》と2番線《ばんせん》が平行《へいこう》して並《なら》んでいる。

大井町駅《おおいまちえき》ではJR《ジェイアール》京浜東北線《けいひんとうほくせん》、東京臨海高速鉄道《とうきょうりんかいこうそくてつどう》りんかい線《せん》に乗《の》り換《か》えられるため、ホームの先《さき》にある改札口《かいさつぐち》へ向《む》かってお客《きゃく》さんはどんどん歩《ある》いていく。

僕《ぼく》らはホームの一角《いっかく》で円陣《えんじん》を組《く》んで、乗《の》りつぶしマップを蛍光《けいこう》ペンでイソイソ塗《ぬ》る。

『イエーイ!!』

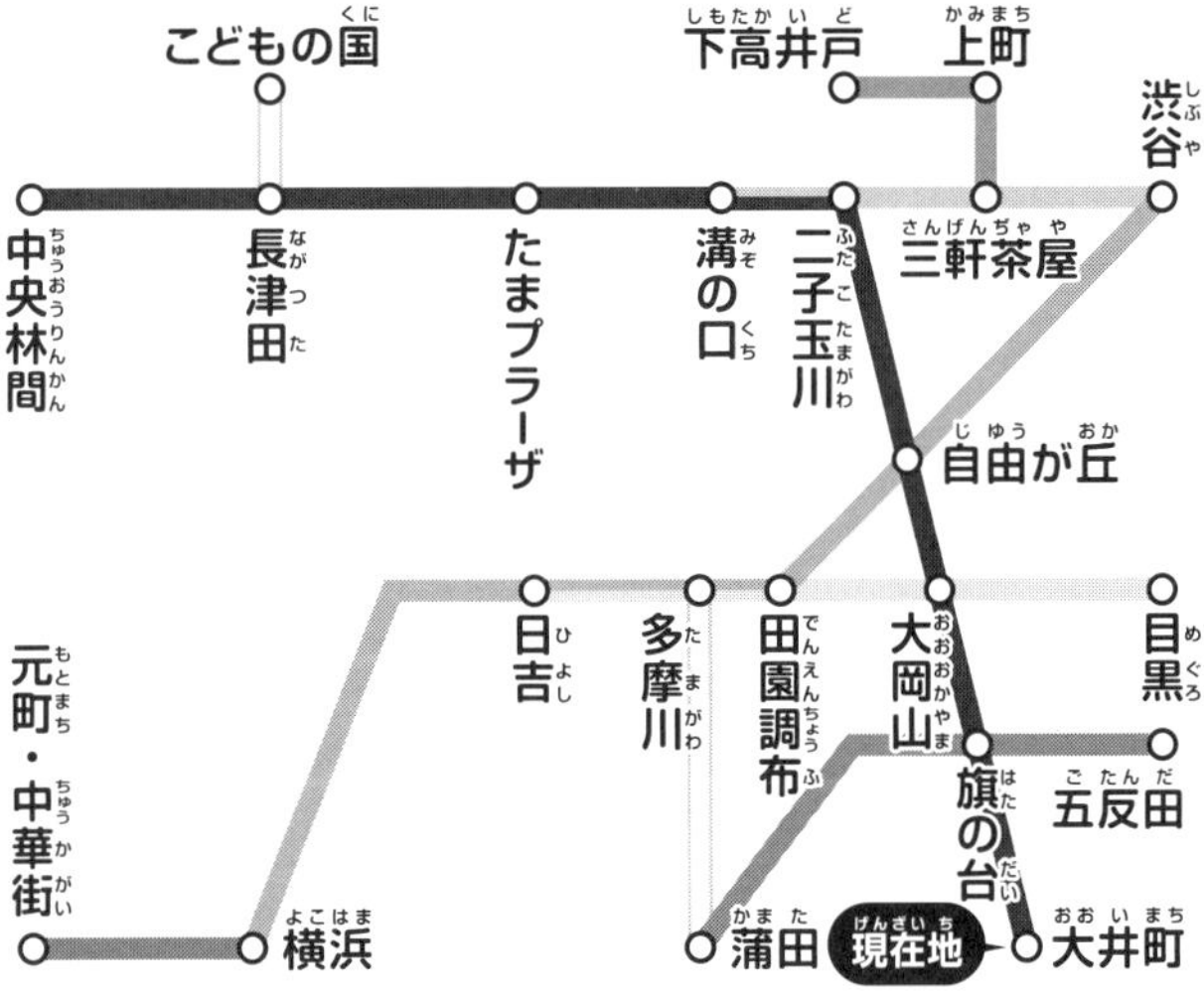

大井町線《おおいまちせん》を完乗《かんじょう》して、うれしくなった僕《ぼく》らは思《おも》わずホームでハイタッチ。

それから、路線図《ろせんず》を見《み》て蒲田《かまた》までの乗《の》り換《か》えを確認《かくにん》した。

蒲田《かまた》へ行《い》くには、さっき通《とお》り過《す》ぎた旗《はた》の台《だい》で乗《の》り換《か》えるのが普通《ふつう》だ。でも、そうすると池上線《いけがみせん》の旗《はた》の台《だい》から五反田《ごたんだ》までが塗《ぬ》りつぶせない。

僕《ぼく》らは無言《むごん》で、乗《の》りつぶしマップを見《み》つめた。

そして、これはちょっとヤバいアイテムだってことに改《あらた》めて気《き》づかされた。

乗《の》りつぶしマップは、たくさんの路線《ろせん》を完乗《かんじょう》したくなってしまう魔性《ましょう》のアイテムだったのだ。

「これは……」

「一旦《いったん》、五反田《ごたんだ》へ行《い》ってから」

「蒲田《かまた》へ行《い》こうよ」

大樹《たいき》、七海《ななみ》ちゃん、そしてさくらちゃんまで、乗《の》りつぶしマップの魅力《みりょく》にとりつかれていた。

もちろん、僕《ぼく》だって同《おな》じ気持《きも》ちさ！

「よしっ、今度《こんど》は池上線《いけがみせん》を完乗《かんじょう》するぞ――!!」

僕《ぼく》が大《おお》きな声《こえ》で言《い》うと、みんなが『おぉ――!!』と叫《さけ》んだ。

「そうと決《き》まれば、急《いそ》いで旗《はた》の台《だい》へ戻《もど》らなくちゃ！」

2番線《ばんせん》には銀《ぎん》の車体《しゃたい》に「く」の字形《じがた》のオレンジラインが何本《なんぼん》も入《はい》っている、カッコいい七両編成《りょうへんせい》の電車《でんしゃ》が停《と》まっていた。

行先表示板《いきさきひょうじばん》には「溝《みぞ》の口行《くちいき》　急行《きゅうこう》」とある。すかさず大樹《たいき》が言《い》う。

「急行《きゅうこう》は旗《はた》の台《だい》に停《と》まりますよ」

その時《とき》、テロテロテロテロテロ……と電子音《でんしおん》の発車《はっしゃ》ベルが鳴《な》りだした。

「みんな、あの急行《きゅうこう》に乗《の》るよ！」

ホームを渡《わた》って、向《む》かい側《がわ》に停車《ていしゃ》していた電車《でんしゃ》の車内《しゃない》へ飛《と》びこんだ瞬間《しゅんかん》にドアがプシュと閉《し》まった。

「この模様《もよう》の電車《でんしゃ》が来《く》ると、いつも『速《はや》そう』って思《おも》うんだよねぇ～」

七海《なな み》ちゃんが息《いき》を弾《はず》ませて言《い》うと、大樹《たいき》は手帳《てちょう》を開《ひら》きながらうなずく。

「この模様《もよう》カッコいいですよね。６０００系《けい》は大井町線《おおいまちせん》の急行列車専用《きゅうこうれっしゃせんよう》として造《つく》られたので、急行《きゅうこう》の速《はや》さを表現《ひょうげん》するデザインとしたようです」

「へぇ〜そうなんだぁ。ほんと、大樹君《たいきくん》はなんでも知《し》ってるよね」

６０００系《けい》の車内《しゃない》はとても鮮《あざ》やかで、赤《あか》やオレンジのモザイク模様《もよう》の背《せ》もたれを持《も》つロングシートだった。

電車《でんしゃ》がホームの屋根《やね》から出《で》ると、日差《ひざ》しが車内《しゃない》にすっと入《はい》ってくる。

クゥウゥンとモーター音《おん》が高鳴《たかな》り、再《ふたた》びミュージカル劇場《げきじょう》の前《まえ》を通《とお》り抜《ぬ》けていく。

駅《えき》を発車《はっしゃ》したのは11時《じ》18分《ぷん》。僕《ぼく》らの大井町《おおいまち》滞在時間《たいざいじかん》はわずか二分《ふん》！

ちょっと名残惜《なごりお》しかったけど、この駅《えき》にはまた来《こ》られそうな気《き》がする。

きっと、大樹《たいき》は下神明《しもしんめい》にリベンジしにくると思《おも》うし……僕《ぼく》は本当《ほんとう》にさくらちゃんとミュージカルを一緒《いっしょ》に見《み》にくることになるかもしれないし……。

各駅停車《かくえきていしゃ》だと旗《はた》の台《だい》までは下神明《しもしんめい》も含《ふく》めて五駅《えき》に停車《ていしゃ》するけど、急行《きゅうこう》ではなんと一駅《ひとえき》。

高架上《こうかうえ》にある４番線《ばんせん》に到着《とうちゃく》した僕《ぼく》らは、ホーム中央《ちゅうおう》のエスカレーターで一階《いっかい》に下《お》りる。

大井町線《おおいまちせん》の番線表示《ばんせんひょうじ》は６０００系《けい》と同《おな》じオレンジで、乗《の》り換《か》える池上線《いけがみせん》はピンクで表示《ひょうじ》されていた。僕《ぼく》らは「五反田方面《ごたんだほうめん》」とピンクで書《か》かれた２番線《ばんせん》を目指《めざ》す。

大井町線《おおいまちせん》と池上線《いけがみせん》は旗《はた》の台《だい》でピタリと交差《こうさ》しているわけではないようで、右《みぎ》に左《ひだり》に数回《すうかい》折《お》れるクランクのようなトンネル通路《つうろ》を数分歩《すうふんある》く。

2番線《ばんせん》は地上《ちじょう》にあり、レトロな白《しろ》い木製《もくせい》の柱《はしら》が波形《なみがた》の屋根《やね》を支《ささ》えていた。

「東京《とうきょう》の駅《えき》なのに、レトロ感《かん》たっぷりだなぁ」

僕《ぼく》がつぶやくと、横《よこ》を歩《ある》くさくらちゃんは静《しず》かに言《い》う。

「私《わたし》はこういう駅《えき》のほうが落《お》ち着《つ》くなぁ。福岡《ふくおか》に帰《かえ》ってきたような気《き》がするから」

「僕《ぼく》も古《ふる》い駅《えき》は大好《だいす》きだよ！」

その時《とき》、後方《こうほう》から警笛《けいてき》が聞《き》こえた。

ファアアアアアアン！

振《ふ》り返《かえ》ると、銀《ぎん》の正面《しょうめん》に緑《みどり》のラインが真《ま》ん中《なか》に入《はい》った車両《しゃりょう》がやってくるのが見《み》えた。

「ちょっと車体《しゃたい》が短《みじか》くない？」

通《とお》り過《す》ぎる先頭車《せんとうしゃ》を見《み》ていたさくらちゃんがつぶやくと、大樹《たいき》がすかさず答《こた》える。

「鋭《するど》いですね、さくらさん。そのとおり！　こちらは1000系《けい》という電車《でんしゃ》なんですが全《ぜん》長《ちょう》十八メートルしかありません。普通《ふつう》の電車《でんしゃ》は、二〇メートルはありますからね」

大樹《たいき》に「鋭《するど》い」と言《い》われて、さくらちゃんはエッヘンと胸《むね》を突《つ》き出《だ》す。

キイインと僕《ぼく》の目《め》の前《まえ》に停車《ていしゃ》した電車《でんしゃ》は、たったの三両編成《りょうへんせい》。

「編成数《へんせいすう》も少《すく》ないなぁ」

僕《ぼく》は車体《しゃたい》を見上《みあ》げながらつぶやく。

「東京《とうきょう》の大手私鉄《おおてしてつ》では珍《めずら》しいかもしれないな」

東京《とうきょう》の電車《でんしゃ》は十両近《じゅうりょうちか》く連結《れんけつ》していることが多《おお》いから、三両編成《りょうへんせい》なんて見《み》ると少《すこ》しびっくりしちゃうよね。

一両《りょう》に三か所《しょ》ついている両開《りょうびら》き扉《とびら》から車内《しゃない》へ入《はい》る。

さっきまで乗《の》っていた大井町線《おおいまちせん》は割合空《わりあいす》いていたけど、池上線《いけがみせん》はびっしりと人《ひと》が乗《の》っていた。こんな都会《とかい》を走《はし》るのに、車両《しゃりょう》の全長《ぜんちょう》が十八メートルと短《みじか》めな上《うえ》に三両編成《りょうへんせい》だもん。しょうがないよね。

座《すわ》るなんてとても無理《むり》だったので、みんなでロングシートの前《まえ》に並《なら》んで立《た》つ。

11時《じ》28分《ふん》に旗《はた》の台《だい》を出発《しゅっぱつ》した各駅停車《かくえきていしゃ》は、四《よっ》つ先《さき》の五反田《ごたんだ》にたった七分《ふん》で到着《とうちゃく》した。

つまり、一駅《ひとえき》あたりお客《きゃく》さんの乗《の》り降《お》りを含《ふく》めても二分《ふん》もかからなかったってこと。

小《ちい》さくてかわいい電車《でんしゃ》に乗《の》ってやってきた五反田《ごたんだ》は、これまたおもしろ駅《えき》だった。

『なんだこりゃ――――!?』

大樹《たいき》以外《いがい》の三人《にん》は、列車《れっしゃ》を降《お》りた瞬間《しゅんかん》に声《こえ》をあげてホームの端《はし》まで寄《よ》ってしまう。

池上線《いけがみせん》のホームは、なぜか五反田《ごたんだ》の駅《えき》ビルの四階《かい》にあったのだ！

見晴《みは》らしは最高《さいこう》で、高《たか》いホームからは五反田《ごたんだ》の町《まち》が一望《いちぼう》できる。二階《かい》くらいの高《たか》さを走《はし》る山手線《やまのてせん》や湘南新宿《しょうなんしんじゅく》ライン用《よう》の線路《せんろ》が、鉄道模型《てつどうもけい》のように見下《みお》ろせてしまう。

僕《ぼく》らはホームの端《はし》まで行《い》ってそんな景色《けしき》を楽《たの》しんだけど、高《たか》いところが大《だい》の苦手《にがて》の大樹《たいき》は絶対《ぜったい》に端《はし》っこになんか来《こ》ず、ホーム中央《ちゅうおう》から動《うご》かない。

「なんでこんな高《たか》いところに終点《しゅうてん》の駅《えき》を造《つく》ったんだろ？　なにも四階《かい》なんかにしなくてもいいのに……」

そう言《い》った僕《ぼく》のほうを見《み》ずに、大樹《たいき》がだいぶ後《うし》ろのほうから答《こた》える。

「……池上線《いけがみせん》は元々《もともと》『池上電気鉄道《いけがみでんきてつどう》』って私鉄《してつ》だったんですが、ここ五反田《ごたんだ》で山手線《やまのてせん》を越《こ》えて白金《しろかね》や品川方面《しながわほうめん》へ延《の》ばす予定《よてい》だったそうですよ。四階《かい》の高《たか》さまで線路《せんろ》を上《あ》げて、ＪＲ《ジェイアール》の在来線《ざいらいせん》をまたぐ計画《けいかく》だったのでこういう造《つく》りになったようです」

大樹《たいき》は行《い》き止《ど》まりとなっている改札口方向《かいさつぐちほうこう》を指差《ゆびさ》す。それからポケットからブルーのハンカチを出《だ》して、フゥと額《ひたい》の汗《あせ》を拭《ふ》いた。

「それにしても高《たか》いですね。池上線《いけがみせん》は『都会《とかい》のローカル線《せん》』って雰囲気《ふんいき》だったので油断《ゆだん》していました」

せっかくなので、外《そと》からも池上線五反田駅《いけがみせんごたんだえき》を眺《なが》めてみようと、改札口《かいさつぐち》を出《で》てエスカレーターで一階《いっかい》まで下《お》りてみた。

五反田《ごたんだ》の駅《えき》ビルは服《ふく》や食料品《しょくりょうひん》を売《う》るようなお店《みせ》が入《はい》っているショッピングビルだった。ビルを出《で》てJR《ジェイアール》の高架《こうか》をくぐり抜《ぬ》け、うどん屋《や》の向《む》こう側《がわ》を左《ひだり》に曲《ま》がり、僕《ぼく》らは駅《えき》を見《み》上《あ》げた。さくらちゃんは目《め》をクワッと開《ひら》く。

「うわ！　まるでビルに線路《せんろ》が突《つ》っこんでいるみたい」

「ほんとね」

一階部分《いっかいぶぶん》は石垣《いしがき》になっていて、二階部分《かいぶぶん》には在来線《ざいらいせん》が走《はし》り、三階《かい》は池上線《いけがみせん》を支《ささ》える頑丈《がんじょう》そうなグレーの鉄骨《てっこつ》があり、その上《うえ》に池上線《いけがみせん》の銀《ぎん》の先頭車《せんとうしゃ》が見《み》える。

やっぱりかなりのおもしろ駅《えき》だ。

「なるほど……こういう構造《こうぞう》だったんですね……」

大樹《たいき》は、手帳《てちょう》にサラサラとスケッチをしながらつぶやく。

僕《ぼく》は乗《の》りつぶしマップを取《と》り出《だ》して高《たか》く掲《かか》げた。

「じゃあ、池上線《いけがみせん》を完乗《かんじょう》しに蒲田《かまた》まで出発《しゅっぱつ》～！」

みんなが『おう！』と答《こた》えて右手《みぎて》をあげた。

再《ふたた》びビルの一階《いっかい》に戻《もど》ってエレベーターを使《つか》って四階《かい》へと上《あ》がる。

きっぷを自動改札機《じどうかいさつき》に入《い》れていると、さくらちゃんがうれしそうに声《こえ》をあげた。

「かわいい電車《でんしゃ》～!!　あれはなに～!?」

視線《しせん》の先《さき》の2番線《ばんせん》に、上下《じょうげ》が紺《こん》で真《ま》ん中《なか》が黄色《きいろ》の電車《でんしゃ》が入《はい》ってきていた。

いつもなら大樹《たいき》が答《こた》える場面《ばめん》だけど、今日《きょう》の七海《ななみ》ちゃんは冴《さ》えている。

人差《ひとさ》し指《ゆび》をぴんと上《うえ》にあげて、ニコッと笑《わら》う。

「あれはね、『きになる電車《でんしゃ》』だよ」

『きになる電車《でんしゃ》～!?』

少《すこ》し早足《はやあし》で先頭車《せんとうしゃ》へ向《む》かって歩《ある》く僕《ぼく》らに、七海《ななみ》ちゃんが解説《かいせつ》してくれる。

「車両《しゃりょう》はさっきの１０００系《けい》と同《おな》じなんだけど、紺《こん》と黄色《きいろ》のツートンカラーは五十年《ねん》くらい前《まえ》に走《はし》っていた旧《きゅう》３０００系《けい》の車両《しゃりょう》デザインなんだって」

車両《しゃりょう》の側面《そくめん》には白《しろ》いラインが何本《なんぼん》も引《ひ》かれ、それがとってもレトロっぽい。

僕《ぼく》らはキュッと三角形《さんかくけい》に狭《せば》まっているホームの先頭《せんとう》まで歩《ある》いた。

１番線《ばんせん》に停車中《ていしゃちゅう》の１０００系《けい》と、きになる電車《でんしゃ》の間《あいだ》は二メートルくらい。

十八メートルの車両《しゃりょう》が三両《りょう》だけの編成《へんせい》なのに、五反田《ごたんだ》のホームの長《なが》さはギリギリだった。

僕《ぼく》らは一番前《いちばんまえ》から車内《しゃない》へと入《はい》る。

「うわぁ〜！　中《なか》もかわいい〜」

さくらちゃんの目《め》が☆になった。

きになる電車《でんしゃ》の中《なか》の壁《かべ》は全《すべ》て木目調《もくめちょう》で、全体《ぜんたい》がウッディな感《かん》じ。

いつも車内設備《しゃないせつび》をスリスリとさわる大樹《たいき》が、つり革《かわ》をムムッと見《み》つめる。

「これは⁉　皆《みな》さん、輪《わ》とスリーブが、本物《ほんもの》の木《き》で作《つく》られていますよ！」

『本物《ほんもの》の木《き》〜⁉』

みんなは自分《じぶん》の前《まえ》に吊《つ》られていたつり革《かわ》の輪《わ》をつかんだ。

大樹《たいき》が言《い》うとおり、手《て》で握《にぎ》る部分《ぶぶん》だけではなく、広告《こうこく》を貼《は》ったりするスリーブ部分《ぶぶん》も木《き》でできている。

「なるほど、〝気《き》になる〟と〝木《き》になる〟をかけたネーミングだったんですね」

大樹《たいき》が感心《かんしん》したようにうなずく。

さくらちゃんは細《ほそ》い指《ゆび》で輪《わ》をキュッとつかみ、その感触《かんしょく》を確《たし》かめてつぶやく。

「木《き》のつり革《かわ》だと、温《あたた》かい感《かん》じがするね、雄太君《ゆうたくん》」

「本当《ほんとう》だね。満員電車《まんいんでんしゃ》でも、こういうつり革《かわ》なら少《すこ》しは和《なご》むかも～」

1番線《ばんせん》の電車《でんしゃ》の方《ほう》が先《さき》に発車《はっしゃ》するけど、僕《ぼく》らはせっかくなので、きになる電車《でんしゃ》に乗《の》っていくことにする。

きになる電車《でんしゃ》の発車時刻《はっしゃじこく》は、12時《じ》ちょうど。

フルルルルルルルルルルルルル……。

《扉《とびら》が閉《し》まります。ご注意《ちゅうい》ください》

12時《じ》きっかりにプシュュと空気《くうき》の音《おと》がして扉《とびら》が閉《し》まり、きになる電車《でんしゃ》はファンと警笛《けいてき》を鳴《な》らして出発《しゅっぱつ》した。

車内《しゃない》は空《す》いていたので、僕《ぼく》らは進行方向右側《しんこうほうこうみぎがわ》のロングシートに並《なら》んで座《すわ》る。

ビルの四階《かい》から走《はし》り出《だ》した三両編成《りょうへんせい》の電車《でんしゃ》は、大《たい》して加速《かそく》することもなく、約一分《やくいっぷん》で次《つぎ》の大崎広小路《おおさきひろこうじ》に到着《とうちゃく》する。

その間《あいだ》にも高架《こうか》はどんどん下《さ》がって、一駅《ひとえき》で二階《かい》くらいの高《たか》さになった。

大崎広小路《おおさきひろこうじ》を出《で》ると、線路《せんろ》は完全《かんぜん》に地上《ちじょう》を走《はし》り出《だ》し、周囲《しゅうい》に住宅《じゅうたく》やマンションの並《なら》ぶ中《なか》を右《みぎ》に左《ひだり》にカーブしながら走《はし》る。

池上線《いけがみせん》はカーブがきついのか、車輪《しゃりん》がレールに当《あ》たる高《たか》い金属音《きんぞくおん》が車内《しゃない》に響《ひび》いている。

《次《つぎ》は戸越銀座《とごしぎんざ》、戸越銀座《とごしぎんざ》です》

「いつの間《ま》にか、川底《かわぞこ》みたいなところを走《はし》っているね」

さくらちゃんが車窓《しゃそう》を見《み》ながらつぶやく。

線路《せんろ》の両側《りょうがわ》にはコンクリートに覆《おお》われた土手《どて》があり、電車《でんしゃ》はその間《あいだ》を走《はし》っていた。

「四階《かい》からスタートしたのにね」

僕《ぼく》はフフッと笑《わら》った。

電車《でんしゃ》がスルスルと戸越銀座《とごしぎんざ》の構内《こうない》へ入《はい》ったとたん、さくらちゃんが声《こえ》をあげる。

「この駅《えき》、電車《でんしゃ》の内装《ないそう》と同《おな》じ！」

よく見《み》ると戸越銀座駅《とごしぎんざえき》の壁《かべ》は全《すべ》て木《き》でできていた。ホームに掛《か》かる屋根《やね》も木目調《もくめちょう》だ。

「これは『木《き》になるリニューアル』プロジェクトの一環《いっかん》だそうです」

大樹《たいき》は広《ひろ》げた手帳《てちょう》に目《め》を走《はし》らせている。

「この戸越銀座駅《とごしぎんざえき》は、約《やく》九十年間《ねんかん》使《つか》われた前《まえ》の駅舎《えきしゃ》の雰囲気《ふんいき》を受《う》け継《つ》ぎつつ、東京都《とうきょうと》・多摩産《たまさん》の材木《ざいもく》を使《つか》って、木《き》のぬくもりをもった駅《えき》にリニューアルしたんだそうです」

「すご～い。そういえば、戸越銀座《とごしぎんざ》には大《おお》きな商店街《しょうてんがい》があって、すっごく活気《かっき》があるんだよ」

東急《とうきゅう》には詳《くわ》しい七海《ななみ》ちゃんが教《おし》えてくれる。

僕《ぼく》は「へぇ～」と口《くち》を開《ひら》いた。

「今時《いまどき》、商店街《しょうてんがい》が元気《げんき》なんて珍《めずら》しいね」

「揚《あ》げたてのコロッケ屋《や》さんやおにぎり屋《や》さん、焼《や》き小籠包《しょうろんぽう》のおいしい店《みせ》とか、た～くさんの店《みせ》が商店街《しょうてんがい》の両脇《りょうわき》に並《なら》んでいるの～」

七海《ななみ》ちゃんの説明《せつめい》を聞《き》いているだけで口《くち》に唾《つば》が溜《た》まっちゃう。

降《お》りてみたいけど、もう寄《よ》り道《みち》をしている時間《じかん》はなさそう。お昼《ひる》ぐらいに蒲田《かまた》に着《つ》かなくちゃいけないからね。

「今度《こんど》、ゆっくり寄《よ》ってみたいね」

「きっと、一日中《にちじゅう》、食《た》べ歩《ある》きできちゃうよ」

七海《なみ》ちゃんは無邪気《むじゃき》に笑《わら》った。

「そんな温《あたた》かい商店街《しょうてんがい》が駅前《えきまえ》にあるから、こんなリニューアルもできたんじゃないでしょうか」

「そっかもねぇ～」

「都会《とかい》の駅《えき》だからといって、コンクリート製《せい》の大《おお》きな駅《えき》ビルにするんじゃなくて、こういう温《あたた》かみがある木製駅舎《もくせいえきしゃ》にするのもすごくいいよね」

「ちなみに、さっき乗《の》り換《か》えた旗《はた》の台《だい》のホームも、木《き》になるリニューアルするそうですよ」

僕《ぼく》らは顔《かお》を見合《みあ》わせ、ニヒッと笑《わら》いあった。

『いいねぇ～!!　Good Job《グッジョブ》!』

親指《おやゆび》をあげて右手《みぎて》を乾杯《かんぱい》するみたいにいっせいにコツンと当《あ》てる。

すっごい都会《とかい》を走《はし》っていると思《おも》ったら、昔《むかし》ながらの商店街《しょうてんがい》が今《いま》でも残《のこ》っているような駅《えき》があったり、普通《ふつう》の住宅《じゅうたく》が線路《せんろ》のすぐ側《そば》に建《た》っていたり、池上線《いけがみせん》は都会《とかい》のローカル線《せん》として、表情《ひょうじょう》をコロコロと変《か》える楽《たの》しい路線《ろせん》だった。

五反田《ごたんだ》から蒲田《かまた》まで十四駅《えき》も停車《ていしゃ》するけど、やっぱり一駅間《ひとえきかん》が短《みじか》いから、たったの二十三分《ぷん》で到着《とうちゃく》しちゃう。

扉《とびら》が開《ひら》いて降《お》りたのは、一番左端《いちばんひだりはし》にあった下車専用《げしゃせんよう》ホーム。

蒲田駅《かまたえき》も終点《しゅうてん》なので、ホームは頭端式《とうたんしき》だ。

十数台《じゅうすうだい》の自動改札機《じどうかいさつき》が並《なら》ぶ改札口《かいさつぐち》へ向《む》かって、四《よっ》つのレールが櫛形《くしがた》に並《なら》んでいる。

こんなに自動改札機《じどうかいさつき》があるってことは、平日《へいじつ》の朝夕《あさゆう》にはたくさんの通勤通学《つうきんつうがく》のお客《きゃく》さんがいるんだろうね。

「割合大《わりあいおお》きな駅《えき》なのね」

さくらちゃんが、蒲田駅《かまたえき》にかかる白《しろ》い大屋根《おおやね》を見上《みあ》げながら言《い》った。

「蒲田駅《かまたえき》は、東急池上線《とうきゅういけがみせん》と東急多摩川線《とうきゅうたまがわせん》、そしてJR《ジェイアール》京浜東北線《けいひんとうほくせん》が乗《の》り入《い》れている便利《べんり》なターミナル駅《えき》ですからね」

二《ふた》つ以上《いじょう》の鉄道《てつどう》が交差《こうさ》するターミナル駅《えき》のある地域《ちいき》は、大《おお》きく発展《はってん》することが多《おお》いんだ。

「まずはこれですね！」

ニコニコしながら大樹《たいき》が、ポケットから乗《の》りつぶしマップを取《と》り出《だ》す。

「そうだねっ！」

七海《ななみ》ちゃんもマップを出《だ》して蛍光《けいこう》ペンでキュキュと塗《ぬ》りつぶしていく。

もちろん、僕《ぼく》もさくらちゃんも一緒《いっしょ》に、五《ご》反田《たんだ》から蒲田《かまた》までをしっかりなぞった。

「おっ、かなり乗《の》りつぶせてない？」

三分《さんぶん》の一《いち》くらいに色《いろ》がついた路線図《ろせんず》を見《み》て、僕《ぼく》のテンションが上《あ》がる。

「乗《の》りつぶしマップ、すっごく楽《たの》しいね」

ウンウンとうなずくさくらちゃんに、大樹《たいき》が少《すこ》し心配《しんぱい》そうな顔《かお》で微笑《ほほえ》む。

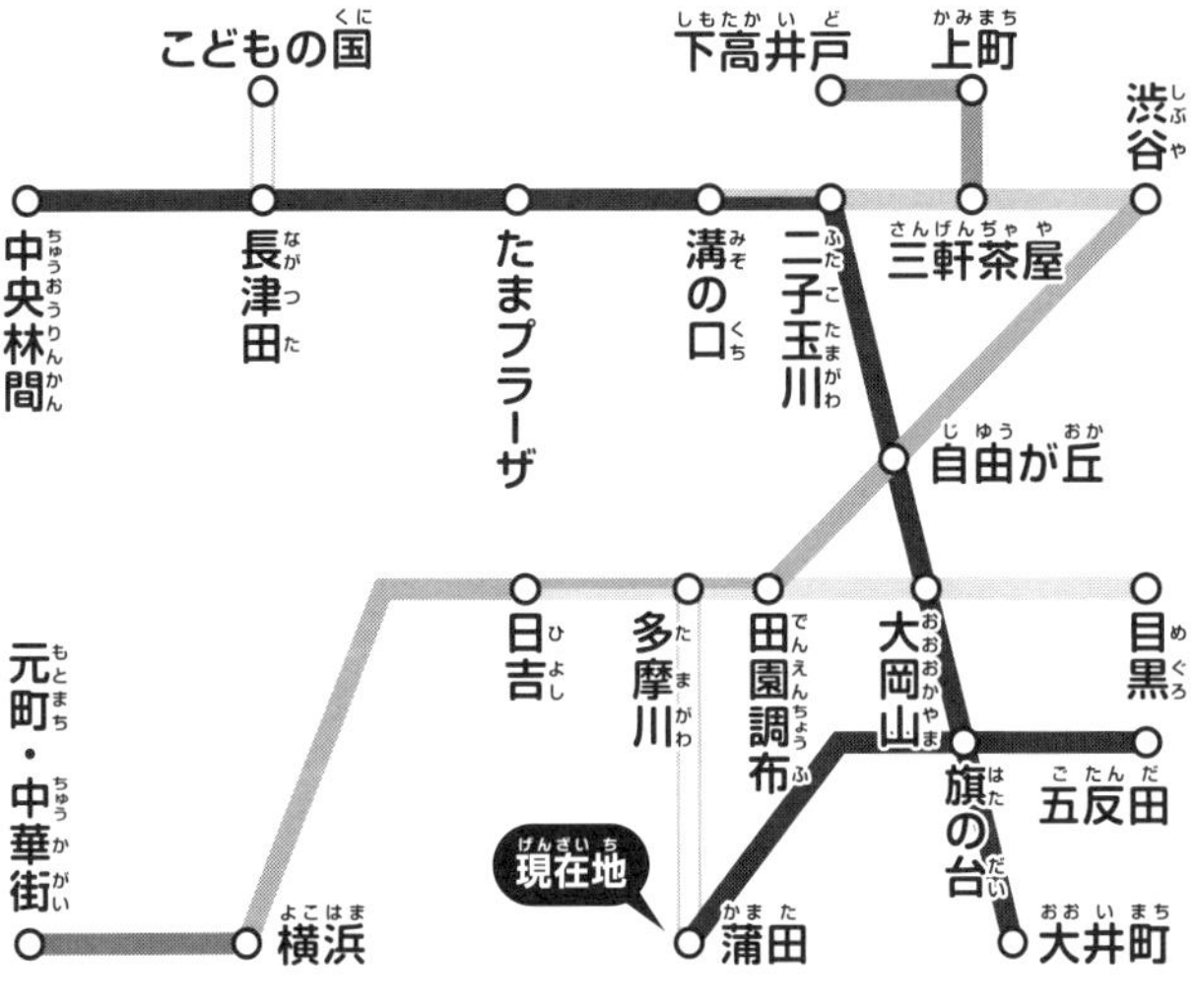

「ありがとうございます。でも、そのために少し遠回《とおまわ》りしてしまいましたが、七海《ななみ》さんのおばあちゃんのお使《つか》いの件《けん》は大丈夫《だいじょうぶ》でしょうか？」

ホームの時計《とけい》を見上《みあ》げると、12時《じ》25分《ふん》だった。

七海《ななみ》ちゃんは右手《みぎて》をV《ヴイ》にしてニカッと笑《わら》う。

「だいじょ〜ぶ!! おばあちゃんには『13時頃《じごろ》までに行《い》ってね』って言《い》われていたから」

「ではとりあえず、和菓子屋《わがしや》さんへ急《いそ》ぎましょう」

「はいっ！」

お店《みせ》の場所《ばしょ》を唯一《ゆいいつ》知《し》っている七海《ななみ》ちゃんを先頭《せんとう》に、フロアに水色《みずいろ》で大《おお》きく「きっぷ」と書《か》かれた場所《ばしょ》にある自動改札機《じどうかいさつき》を通《とお》り抜《ぬ》ける。

改札《かいさつ》の左《ひだり》にある東急《とうきゅう》プラザへと入《はい》った七海《ななみ》ちゃんは、エスカレーターに乗《の》って一階《いっかい》まで下《お》り、慣《な》れた感《かん》じでスイスイと店内《てんない》を通《とお》り抜《ぬ》け、一軒《いっけん》の和菓子屋《わがしや》さんへ向《む》かっていく。

真《ま》っ白《しろ》な店構《みせがま》えの、いかにも老舗《しにせ》という佇《たたず》まいの和菓子屋《わがしや》さんだった。看板《かんばん》には戦国武《せんごくぶ》将《しょう》が使《つか》うような赤《あか》い家紋《かもん》と共《とも》に『寅天堂《こうてんどう》』と墨字《すみじ》で豪快《ごうかい》に書《か》かれている。

お店《みせ》は通路《つうろ》に面《めん》してカウンター式《しき》になっていて、一番大《いちばんおお》きなスペースを占《し》めるガラスの冷蔵《れいぞう》ケースの中《なか》には、たくさんのどら焼《や》きがギッシリ並《なら》べられていた。

どら焼《や》きの中身《なかみ》はあんこだけではなく、抹茶《まっちゃ》あずき、ピスタチオチョコレート、クリームチーズなどたくさんの種類《しゅるい》がある。

ショーケースの向《む》こうには、白《しろ》い円筒形《えんとうけい》の帽子《ぼうし》を被《かぶ》り和服《わふく》っぽい制服《せいふく》を着《き》たおじいちゃんがいた。

年齢《ねんれい》は七海《ななみ》ちゃんのおばあちゃんに近《ちか》いと思《おも》う。

髪《かみ》は真《ま》っ白《しろ》で、口《くち》をへの字《じ》に引《ひ》き結《むす》んでいる。

こっ、怖《こわ》い人《ひと》なのかなぁ〜。

正直《しょうじき》、僕《ぼく》は鉄道《てつどう》と関係《かんけい》がない話《はなし》を初対面《しょたいめん》の人《ひと》とするのがものすごく苦手《にがて》だ。

だから、いつもは未来《みらい》がT3《ティースリー》の外交官《がいこうかん》となって飛《と》び出《だ》していってくれるんだけどね
……。

「すみません、おじい様《さま》」

七海《ななみ》ちゃんはぺこりとお辞儀《じぎ》をすると、そのおじいちゃんにすごく自然《しぜん》に話《はな》しかけた。

七海《ななみ》ちゃんの顔《かお》を見《み》た瞬間《しゅんかん》におじいちゃんの顔《かお》に笑《え》みが広《ひろ》がった。

「いらっしゃ〜い、みっちゃんのお孫《まご》さんの七海《ななみ》ちゃんだね。待《ま》ってたよ。いつもありがとうね！」

そうだ。ここは七海《ななみ》ちゃん家《ち》の行《い》きつけの店《みせ》だったんだよね。

「みっちゃんから聞《き》いているよ。すぐに用意《ようい》するからちょっと待《ま》っててな」

おじいちゃんはショーケースから次々《つぎつぎ》と常温《じょうおん》で長持《ながも》ちするどら焼《や》きを取《と》り出《だ》し、白《しろ》い箱《はこ》に詰《つ》めはじめた。

七海《ななみ》ちゃんの横《よこ》に立《た》った僕《ぼく》は小《ちい》さな声《こえ》でたずねた。

「みっちゃんって……おばあちゃんのこと？」

「そうそう。元々《もともと》は安田美智子《やすだみちこ》だったから、昔《むかし》は『みっちゃん』って呼《よ》ばれていたみたい。今《いま》は『ミチコ・デュボア』だけど」

「それでも、みっちゃんなのは変《か》わらないね」

僕《ぼく》と七海《ななみ》ちゃんは顔《かお》を見合《みあ》わせ、ふふっと笑《わら》った。

「おじい様《さま》はおばあちゃんと昔《むかし》からのお友《とも》だちなんですか？」

「ああ。小学校《しょうがっこう》が一緒《いっしょ》だからね。君《きみ》らを見《み》ていると、俺《おれ》とみっちゃんが小学生《しょうがくせい》だった頃《ころ》を思《おも》い出《だ》しちまうなぁ」

どら焼《や》きを詰《つ》めながら、おじいちゃんは顔《かお》をほころばせた。

「おばあちゃんって、どんな女《おんな》の子《こ》だったのかな」

さくらちゃんのつぶやきを聞《き》いた七海《ななみ》ちゃんは、ちょっと顔《かお》をこわばらせた。

「おばあちゃんは、好《す》きなことは好《す》き、嫌《きら》いなことは嫌《きら》いってはっきり言《い》える女《おんな》の子《こ》だったんじゃないかなぁ？」

消《き》え入《い》りそうな声《こえ》で言《い》った七海《ななみ》ちゃんに、おじいちゃんは首《くび》を横《よこ》に振《ふ》る。

「みっちゃんが君《きみ》くらいの時《とき》は、とてももの静《しず》かでおとなしい女《おんな》の子《こ》だったよ」

「おばあちゃんが!?」

驚《おどろ》いた七海《ななみ》ちゃんに、おじいちゃんがコクリとうなずく。

「教室《きょうしつ》でいつも静《しず》かに本《ほん》を読《よ》んでいたよ。人《ひと》から強《つよ》く言《い》われると、涙《なみだ》ぐんだりして」

「今《いま》のおばあちゃんから、そんな姿《すがた》は想像《そうぞう》もできない……」

目《め》を見開《みひら》いたまま、頬《ほお》に掌《てのひら》を当《あ》てて考《かんが》えこんだ七海《ななみ》ちゃんの肩《かた》に、さくらちゃんがそっと手《て》をおいた。

「なにかあったんじゃない？　おばあちゃんが変《か》わるキッカケが」

「おばあちゃんが変《か》わるキッカケ？」

七海《ななみ》ちゃんが聞《き》き返《かえ》すと、おじいちゃんはポンと手《て》を打《う》った。

「そこの美人《びじん》探偵《たんてい》さん、なかなか鋭《するど》いねぇ〜。せっかくだから、少《すこ》し昔話《むかしばなし》でも聞《き》いていくかい？」

僕《ぼく》らがうなずくと、おじいちゃんは手《て》を止《と》めて思《おも》い出話《でばなし》を始《はじ》めた。

「あれは、店《みせ》がまだ駅前《えきまえ》の商店街《しょうてんがい》にあった頃《ころ》さ。フランスで若《わか》くしてパティシエとして成《せい》功《こう》したお父《とう》さんは、菓子《かし》を勉強《べんきょう》するために世界中《せかいじゅう》を回《まわ》っていたんだ。そして、ダニエルと共《とも》に日本《にほん》にも立《た》ち寄《よ》った」

「それがこちらの寅天堂《こうてんどう》さんだったんですね」

おじいちゃんは静《しず》かにうなずく。

「うちのどら焼《や》きは当時《とうじ》から大人気《だいにんき》でね、ダニエルとお父《とう》さんは和菓子《わがし》の作《つく》り方《かた》を勉強《べんきょう》するために修業《しゅぎょう》に寄《よ》ったのさ。俺《おれ》はまだ修業《しゅぎょう》なんてしていなかったけど、歳《とし》が同《おな》じだったから日本《にほん》にいる間《あいだ》にはよく遊《あそ》んだな〜」

「その時《とき》におばあちゃんが、どら焼《や》きを買《か》いにきたんですよね？」

「修業中《しゅぎょうちゅう》だったダニエルが応対《おうたい》に出《で》て、その時《とき》にみっちゃんとバッタリって感《かん》じだったらしい。それからだなぁ、みっちゃんがどんどん変《か》わっていったのは……」

おじいちゃんは昔《むかし》を思《おも》い出《だ》すようにつぶやく。

「今《いま》みたいな感《かん》じに？」

おじいちゃんは七海《ななみ》ちゃんにうなずいた。

「そうだなぁ。自分《じぶん》の夢《ゆめ》がはっきりしたんだろうな。そしてその夢《ゆめ》を追《お》いかけはじめたんだ」

「夢《ゆめ》を追《お》いかける？」

「そう……小学生《しょうがくせい》で既《すで》にパティシエを目指《めざ》していたダニエルと会《あ》ったことで、みっちゃんの心《こころ》に火《ひ》が点《つ》いたんだろうねぇ。ただ好《す》きな本《ほん》を読《よ》んでるだけじゃなくて、日本《にほん》では知《し》られてないが世界中《せかいじゅう》にあるいい本《ほん》を探《さが》して、日本《にほん》に紹介《しょうかい》するような仕事《しごと》をしたいと思《おも》いはじめた。それからみっちゃんは翻訳家《ほんやくか》という仕事《しごと》へ向《む》かって全速力《ぜんそくりょく》で走《はし》り出《だ》したのさ。なにかが起《お》こるのを待《ま》つんじゃなくて、自分《じぶん》から夢《ゆめ》に向《む》かいはじめて眩《まぶ》しいくらいにキラキラと輝《かがや》きだした……」

おじいちゃんが七海《ななみ》ちゃんに微笑《ほほえ》みかける。

「きっと……みっちゃんは輝《かがや》きたくなったんだよ。夢《ゆめ》を追《お》うダニエルと同《おな》じように」

「おばあちゃんはおとなしくて、すぐ涙《なみだ》ぐむような女《おんな》の子《こ》だった……でも自分《じぶん》の未来《みらい》を切《き》り拓《ひら》きたいって思《おも》って、おばあちゃんは変《か》わった……」

七海《ななみ》ちゃんが口《くち》の中《なか》でかみしめるようにつぶやいている。

「私《わたし》も……変《か》われるのかな……」

おじいちゃんが大《おお》きな箱《はこ》を三《みっ》つ差《さ》し出《だ》したのはその時《とき》だ。

「は〜い、お待《ま》たせ。どら焼《や》き三十《さんじゅっ》個《こ》。紙袋《かみぶくろ》に入《い》れるかい？」

その瞬間《しゅんかん》、大樹《たいき》がスーツケースをカウンターの上《うえ》に置《お》いてカチャリと開《ひら》く。

「こちらへお願《ねが》いします。このケースで持《も》ち運《はこ》べば、傷《きず》つくこともありませんから」

さすが大樹《たいき》！　そのために今日《きょう》はスーツケースを持《も》ってきていたのか。

「お〜用意《ようい》がいいねぇ、秀才君《しゅうさいくん》」

おじいちゃんはスーツケースの中《なか》にどら焼《や》きの入《はい》った箱《はこ》をキレイに並《なら》べて、小分《こわ》け用《よう》に紙袋《かみぶくろ》を箱《はこ》の上《うえ》に三《みっ》つ乗《の》せた。

大樹《たいき》がスーツケースを閉《と》じて手《て》に持《も》つ。

「みっちゃんによろしく言《い》っておいてくれよ！」

手《て》を振《ふ》るおじいちゃんに、七海《ななみ》ちゃんは頭《あたま》を下《さ》げた。

「色々《いろいろ》と教《おし》えていただきありがとうございました。……私《わたし》も自分《じぶん》に何《なに》ができるのか、考《かんが》えてみます」

僕《ぼく》らは和菓子屋《わがしや》さんを離《はな》れて、改札口《かいさつぐち》のある二階《かい》へ向《む》かった。

7 お昼《ひる》ご飯《はん》は機関車《きかんしゃ》が運《はこ》ぶ？

改札口《かいさつぐち》へ戻《もど》った僕《ぼく》らは、３番線《ばんせん》に停車《ていしゃ》していた13時発《じはつ》の電車《でんしゃ》へ向《む》かう。

次《つぎ》に乗《の》るのはここから多摩川《たまがわ》まで走《はし》る東急多摩川線《とうきゅうたまがわせん》。

これで、東急多摩川線《とうきゅうたまがわせん》も完乗《かんじょう》できるからね。

車両《しゃりょう》は、銀《ぎん》の車体《しゃたい》に緑《みどり》と黄緑《きみどり》のラインが斜《なな》めに入《はい》った三両編成《りょうへんせい》だった。

「これは……７０００系《けい》ですね」

大樹《たいき》と一緒《いっしょ》に僕《ぼく》は、スパッと斜《なな》めに切《き》れたようなカッコいい先頭部《せんとうぶ》を見《み》つめる。

「池上線《いけがみせん》の１０００系《けい》は『ローカル線《せん》の電車《でんしゃ》』って感《かん》じだったから、東急多摩川線《とうきゅうたまがわせん》もそうなのかなぁと思《おも》っていたけど……全然違《ぜんぜんちが》うんだね～」

「まるで特急列車《とっきゅうれっしゃ》のようですね」

車内《しゃない》は背《せ》もたれが黄緑《きみどり》で座面《ざめん》がブルーのロングシートがほとんどだけど、真《ま》ん中《なか》の二号《ごう》車《しゃ》に少《すこ》しだけ三人掛《にんが》けのボックスシートがある。

壁《かべ》は、きになる電車《でんしゃ》のような木目調《もくめちょう》だ。

13時《じ》ちょうどに蒲田《かまた》を出発《しゅっぱつ》した電車《でんしゃ》は、家《いえ》の軒先《のきさき》をかすめるように走《はし》っていく。線路《せんろ》と沿線《えんせん》の建物《たてもの》が近《ちか》くて、まるで江《え》ノ島電鉄《しまでんてつ》に乗《の》っているような感《かん》じだ。

七海《ななみ》ちゃんは、おばあちゃんの話《はなし》を聞《き》いてから、ちょっと考《かんが》えこんでいる。

いつもおとなしくて優《やさ》しくておっとりしている七海《ななみ》ちゃん。人《ひと》の話《はなし》をよく聞《き》いて、慎重《しんちょう》に行動《こうどう》する女《おんな》の子《こ》だ。

「七海《ななみ》ちゃんの夢《ゆめ》はなに？」と聞《き》くと、「鉄道《てつどう》のアテンダントさんになることかなぁ」といつも答《こた》える。ちょっと恥《は》ずかしそうに、小《ちい》さなささやくような声《こえ》で。

七海《ななみ》ちゃんにぴったりなかわいい素敵《すてき》な夢《ゆめ》だと思《おも》う。

でも、七海《ななみ》ちゃんは自分《じぶん》の夢《ゆめ》に対《たい》しても、おとなしい。

絶対《ぜったい》に運転手《うんてんしゅ》になるという僕《ぼく》や、人《ひと》に喜《よろこ》んでもらえる電車《でんしゃ》をデザインするために電車《でんしゃ》のことならなんでも知《し》っておきたいという大樹《たいき》。電車《でんしゃ》のカメラマンになりたくて、重《おも》たいカメラやレンズもへっちゃらな顔《かお》でかついで歩《ある》く未来《みらい》。世界《せかい》で活躍《かつやく》する女優《じょゆう》になるために、家族《かぞく》から離《はな》れ、ひとりでアメリカに渡《わた》ったさくらちゃん。

七海《ななみ》ちゃんには僕《ぼく》らみたいな、がむしゃらなところがあまりない。

「うはぁ〜さすがにお腹《なか》ペコペコだねぇ〜」

さくらちゃんがお腹《なか》をさすりながら言《い》った。

「そろそろお昼《ひる》にしようか。さくらちゃんおすすめのお店《みせ》で」

「じゃあ、ここからは私《わたし》にまかせてもらっていいかな？」

目《め》をキラキラさせるさくらちゃんに、三人《にん》で声《こえ》を合《あ》わせて『もちろん！』と答《こた》える。

七海《ななみ》ちゃんも、少《すこ》し元気《げんき》になったのかな。

「確《たし》か、祐天寺《ゆうてんじ》でしたね」

大樹《たいき》が取《と》り出《だ》した乗《の》りつぶしマップの、多摩川線《たまがわせん》を指《ゆび》さした。多摩川《たまがわ》まで動《うご》かし、そこからスルスルと東横線《とうよこせん》を渋谷方面《しぶやほうめん》へなぞる。

「そう。祐天寺《ゆうてんじ》においしいカレー屋《や》さんがあるんだよ」

『カレー屋《や》さん!?』

ゴクリと唾《つば》を飲《の》みこみながら聞《き》き返《かえ》す僕《ぼく》らに、さくらちゃんはうなずいた。

「鉄道《てつどう》ファンなら絶対《ぜったい》に気《き》に入《い》るお店《みせ》なんだからっ！」

「楽《たの》しみだなぁ。それってどんな店《みせ》なの？」

僕《ぼく》がつぶやくと、さくらちゃんは右手《みぎて》をチヨキにして右目《みぎめ》にさっと重《かさ》ねた。

「そいは見《み》てからん、お楽《たの》しみっちこつで！」

と、博多弁《はかたべん》で言《い》われた。

「えーっ？　さくらちゃんもそれ～!?」

ガックリと天井《てんじょう》をあおいだ僕《ぼく》を見《み》て、さくらちゃんは楽《たの》しそうにケラケラと笑《わら》った。

東急多摩川線《とうきゅうたまがわせん》の停車駅《ていしゃえき》は六《むっ》つしかない。各《かく》駅停車《えきていしゃ》でも十一分《じゅういっぷん》で着《つ》いてしまう。13時《じ》11分《ぷん》

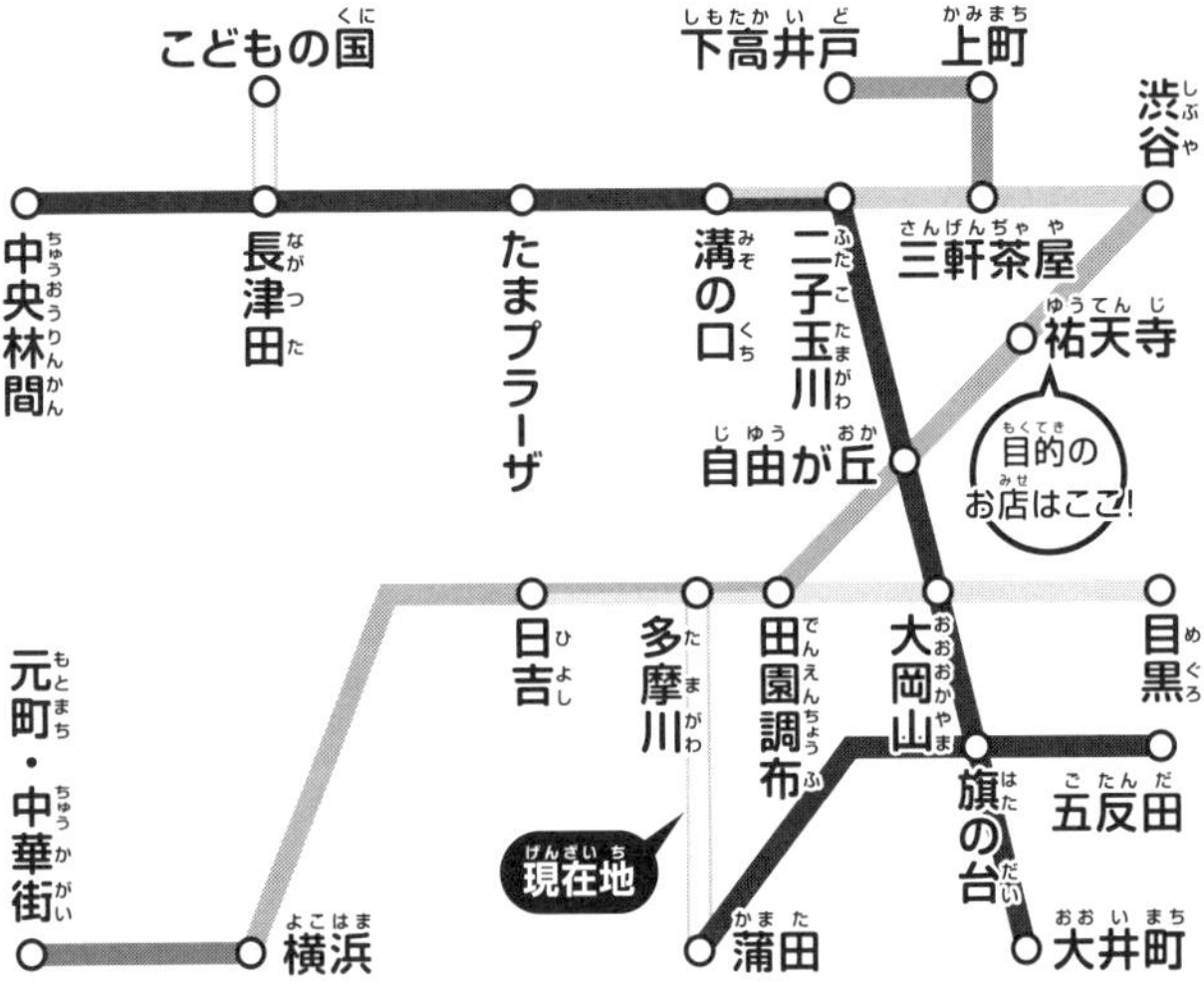

に到着《とうちゃく》し、これで、東急多摩川線《とうきゅうたまがわせん》も完乗《かんじょう》。

即《そく》、乗《の》りつぶしマップにみんな、ペンを走《はし》らせる。

僕《ぼく》らは電車《でんしゃ》を降《お》りた地下《ちか》ホームから、渋谷方面《しぶやほうめん》へ向《む》かう東横線《とうよこせん》の電車《でんしゃ》がやってくる4番《ばん》線《せん》へと階段《かいだん》を駆《か》け上《あ》がった。

すぐに横浜方面《よこはまほうめん》から銀《ぎん》の車体《しゃたい》に赤《あか》いラインの入《はい》った、八両編成《りょうへんせい》の電車《でんしゃ》がやってきた。

すかさず、東急《とうきゅう》の5050系《けい》って車両《しゃりょう》だと大樹《たいき》が教《おし》えてくれた。

池袋行各駅停車《いけぶくろいきかくえきていしゃ》に乗《の》り、五《いつ》つ先《さき》の祐天寺《ゆうてんじ》3番線《ばんせん》に降《お》りる。

祐天寺《ゆうてんじ》のホームは高架《こうか》の上《うえ》にあるので、階段《かいだん》を下《くだ》って南改札《みなみかいさつ》から外《そと》へ出《で》た。

駅舎《えきしゃ》がとてもキレイで、壁面《へきめん》には黒《くろ》く塗《ぬ》られた木《き》が貼《は》られ、スーパーや飲食店《いんしょくてん》の入《はい》った駅《えき》ビルになっていた。

「祐天寺《ゆうてんじ》は最近《さいきん》駅舎《えきしゃ》を建《た》て替《か》えたばかりなんだよ」

七海《ななみ》ちゃんが教《おし》えてくれた。

「駅《えき》はいつまでも『変《か》わらない』って思《おも》っているけど、建《た》て替《か》えがあったりするよね。だから、下車《げしゃ》した時《とき》には『もしかしたらこの姿《すがた》は最後《さいご》かも』と思《おも》って見《み》ておかないとね」

僕《ぼく》はピカピカの駅舎《えきしゃ》を見上《みあ》げながらうなずいた。

「みんなー、こっちだよ～!!」

さくらちゃんはブラスバンドのリーダーのように先頭《せんとう》をタッタッと行進《こうしん》していく。

キレイな駅舎《えきしゃ》ビルを背《せ》にして、ロータリーから左《ひだり》へ延《の》びる道《みち》へ入《はい》っていく。

クリーニング屋《や》さんやご飯屋《はんや》さんが並《なら》ぶ、車《くるま》が一台《だい》くらいしか通《とお》れないような、エンジ色《いろ》のブロックが敷《し》き詰《つ》められた道路《どうろ》を、さくらちゃんは進《すす》む。

東横線《とうよこせん》の高架橋《こうかきょう》を左手《ひだりて》に見《み》ながら突《つ》き当《あ》たりまで進《すす》み、右《みぎ》へ曲《ま》がったところに、目的《もくてき》のカレー屋《や》さんがあった。

「どっ、どうしてこんなところに踏切《ふみきり》が!?」

大樹《たいき》が目《め》を丸《まる》くしたのは、店《みせ》の前《まえ》に本物《ほんもの》の踏切警報機《ふみきりけいほうき》がデンと立《た》っていたから。

しかもお店《みせ》の大《おお》きな出窓《でまど》には「D《ディー》51　780」のヘッドプレートを掲《かか》げた、本物《ほんもの》の蒸気《じょうき》機関車《きかんしゃ》の巨大《きょだい》なボイラー先頭部《せんとうぶ》が飾《かざ》られている。

その他《ほか》にも、廃駅《はいえき》となった駅看板《えきかんばん》や、「みどりの窓口《まどぐち》」と書《か》かれたプラスチックプレート、ポイントの切《き》り替《か》え器《き》といった貴重《きちょう》な鉄道《てつどう》お宝《たから》が、店《みせ》の周囲《しゅうい》にゴロゴロと置《お》かれている。

この店《みせ》のオーナーが、鉄道好《てつどうず》きだってことが一目《ひとめ》でわかった。

さくらちゃんは蒸気機関車《じょうききかんしゃ》のシルエットが描《えが》かれた看板《かんばん》を指差《ゆびさ》す。

「ここが『カレーステーション　ナイアガラ』だよ」

僕《ぼく》らはド肝《ぎも》を抜《ぬ》かれて『おぉ〜』という声《こえ》しか出《だ》せない。

入口《いりぐち》には白《しろ》い服《ふく》を着《き》て、鉄道会社《てつどうがいしゃ》の帽子《ぼうし》を被《かぶ》ったやさしそうなおじさんが立《た》っていた。

「いらっしゃ〜い。四名様《めいさま》ですか？　今《いま》ならちょうどテーブル席《せき》が空《あ》いていますよ」

「じゃあ、鉄道《てつどう》ファン四人《よにん》で、よろしくお願《ねが》いします！」

さくらちゃんが元気《げんき》よく答《こた》える。

「四名様《めいさま》、ご案内《あんない》で〜す」

青《あお》い扉《とびら》を開《あ》けて、おじさんは「どうぞ」と案内《あんない》してくれる。

その扉《とびら》を見《み》た大樹《たいき》は、「こっ、これは!?」と息《いき》をのんだ。あわてて扉《とびら》を手《て》でさする。

「寝台列車《しんだいれっしゃ》の扉《とびら》じゃありませんか!?」

「よく知《し》っているね。これはブルートレインのB《ビー》寝台車《しんだいしゃ》の扉《とびら》だったんだ」

「うわぁ〜いいですね〜。うちの扉《とびら》もこうだったらいいのに……」

大樹《たいき》は目《め》を☆にしながら、扉《とびら》をいとおしそうにもう一度《いちど》さすった。

「その券売機《けんばいき》で食券《しょっけん》を買《か》ってくださいね」

『わかりました！』

とりあえず、真《ま》っ直《す》ぐに進《すす》んで券売機《けんばいき》の前《まえ》に立《た》った。

色々《いろいろ》な種類《しゅるい》のカレーがあるけど、さくらちゃんが、

「鉄道《てつどう》ファンなら、『お子様新幹線《こさましんかんせん》カレー』が絶対《ぜったい》にオ・ス・ス・メ！」

って人差《ひとさ》し指《ゆび》を振《ふ》りながら言《い》うから、みんなそれを注文《ちゅうもん》することにした。

店内《てんない》は左側《ひだりがわ》に四人《よにん》が座《すわ》れるテーブル席《せき》が三《みっ》つ並《なら》び、狭《せま》い通路《つうろ》を挟《はさ》んで右側《みぎがわ》にはカウンターがあり、その向《む》こう側《がわ》は厨房《ちゅうぼう》になっていた。

食券《しょっけん》を店員《てんいん》のお姉《ねえ》さんに渡《わた》して、一番手前《いちばんてまえ》の「3番線《ばんせん》」と書《か》かれたテーブル席《せき》に座《すわ》る。

「これも、きっと旧型客車《きゅうがたきゃくしゃ》で使用《しよう》されていた本物《ほんもの》ですね……」

大樹《たいき》は青《あお》く短《みじか》い起毛材《きもうざい》のモケットが張《は》られたシートをチェックする。

その目《め》は探偵《たんてい》のように光《ひか》っていた。

「まるでミニ鉄道博物館《てつどうはくぶつかん》みたい!!」

七海《ななみ》ちゃんが楽《たの》しそうに店内《てんない》を見回《みまわ》す。

お店《みせ》の壁《かべ》は、列車《れっしゃ》の行先《いきさき》を示《しめ》す鉄製《てっせい》のサボ、蒸気機関車《じょうききかんしゃ》のヘッドプレート、運転手《うんてんしゅ》さんや車掌《しゃしょう》さんたちが被《かぶ》っていた本物《ほんもの》の帽子《ぼうし》、ホーロー製《せい》の古《ふる》い駅名看板《えきめいかんばん》などでビッシリ埋《う》め尽《つ》くされていた。

「この前番組《まえばんぐみ》で来《き》た時《とき》には聞《き》けなかったんだけど、あれはなに？　大樹君《たいきくん》」

さくらちゃんが指差《ゆびさ》した先《さき》を大樹《たいき》はじっと見《み》つめる。丸《まる》い大《おお》きなドームが壁《かべ》にかけられていた。驚《おどろ》きで、大樹《たいき》の目《め》が大《おお》きくなる。

「あっ……あれは初期型新幹線《しょきがたしんかんせん》0系《けい》の先頭車《せんとうしゃ》のカバーですよ！　まさか、今日《きょう》、ここで見《み》られるなんて……」

ナイアガラのすごいところは、天井《てんじょう》で光《ひか》っているランプも涼《すず》しい風《かぜ》を送《おく》る扇風機《せんぷうき》も全《すべ》て鉄道車両《てつどうしゃりょう》で使《つか》われていた部品《ぶひん》だってこと。

まるで、時間《じかん》も空間《くうかん》も超《こ》えて、様々《さまざま》な電車《でんしゃ》に乗《の》っているような気分《きぶん》になってしまう。

ご飯《はん》を待《ま》っている間《あいだ》も、僕《ぼく》らは室内《しつない》をキョロキョロと見回《みまわ》し、一《ひと》つ一《ひと》つ指差《ゆびさ》しては大樹《たいき》に説明《せつめい》してもらったり、僕《ぼく》が答《こた》えたりした。

だけど、ナイアガラの驚《おどろ》くべきポイントは、実《じつ》はもう一《ひと》つあったんだ！

テーブルの横《よこ》に一本《いっぽん》のレールが敷《し》かれていることに気《き》がついたのは、大樹《たいき》だった。

「これは……G《ジー》ゲージでしょうか？」

スーツケースからプラスチック定規《じょうぎ》を出《だ》して大樹《たいき》はレールの幅《はば》を計《はか》りだす。

「G《ジー》ゲージって？」

七海《ななみ》ちゃんが首《くび》をかしげた。

「軌間《きかん》四十五ミリを使用《しよう》する鉄道模型《てつどうもけい》のことです。どうして、こんなところに？」

「たまに鉄道模型《てつどうもけい》を走《はし》らせて遊《あそ》んでいるのかなぁ？」

僕《ぼく》がつぶやくと、さくらちゃんはいたずらっ子《こ》のようにニヤ～ッと笑《わら》った。

「もうちょっと待《ま》っててねぇ」

「もうちょっと？」

その時《とき》、さっきの店員《てんいん》のお姉《ねえ》さんが、カウンターの奥《おく》で声《こえ》をあげる。

「3番線《ばんせん》にお子様新幹線《こさましんかんせん》カレー、発車《はっしゃ》しま～す!!」

ピッピッと笛《ふえ》が鳴《な》る音《おと》が続《つづ》く。

次《つぎ》の瞬間《しゅんかん》、カウンターの奥《おく》から、黒《くろ》い蒸気機関車《じょうききかんしゃ》の鉄道模型《てつどうもけい》がこっちへ走《はし》ってきたのだ。

『なに――!? あれ――!!』

先頭《せんとう》は動輪《どうりん》が三《みっ》つの蒸気機関車《じょうききかんしゃ》で、後《うし》ろには白《しろ》い貨車《かしゃ》が一両《りょう》。その貨車《かしゃ》に、カレーの皿《さら》が一《ひと》つのっている。

『すご〜い、すごすぎる！』

なんと、ナイアガラでは注文《ちゅうもん》したカレーを鉄道模型《てつどうもけい》が運《はこ》んでくれるんだ。

これでワクワクしない鉄道《てつどう》ファンなんていない。

カウンターを出発《しゅっぱつ》した列車《れっしゃ》がテーブルにやってくるまで僕《ぼく》らは目《め》が離《はな》せなかった。

カシュカシュと走《はし》ってきた列車《れっしゃ》は、テーブルの横《よこ》まで来《く》るとピタリと停車《ていしゃ》する。

列車《れっしゃ》が停《と》まったら、自分《じぶん》たちで荷物《にもつ》のカレーを貨車《かしゃ》から降《お》ろしてあげるんだ。

そして、お子様新幹線《こさましんかんせん》カレーをさくらちゃんがオススメしたのには理由《りゆう》があった。

カレーが入《はい》っていた皿《さら》を見《み》た瞬間《しゅんかん》、大樹《たいき》が声《こえ》をあげた。

「これ、お皿《さら》が0系《けい》新幹線《しんかんせん》なんですね」

樹脂製《じゅしせい》のお皿《さら》は新幹線《しんかんせん》の先頭車《せんとうしゃ》で、背中《せなか》はカレーが入《い》れられるように、くぼんでいる。ちゃ〜んとヘッドカバー、窓《まど》、ライトも描《えが》かれている。

僕《ぼく》らが皿《さら》を取《と》ると、お姉《ねえ》さんが空《から》になった貨車《かしゃ》と蒸気機関車《じょうききかんしゃ》をバックさせる。

一度《いちど》に一皿《ひとさら》しか運《はこ》べないので、僕《ぼく》らの3番線《ばんせん》まで合計四往復《ごうけいよんおうふく》、列車《れっしゃ》を走《はし》らせてくれた。

「今度《こんど》はカメラで撮《と》ろう！」

僕《ぼく》らはケータイカメラを立《た》ち上《あ》げて、動画《どうが》や画像《がぞう》をたくさん撮《と》った。

テーブルの上《うえ》にはカレーをのせた新幹線《しんかんせん》が四両《りょう》そろい、おいしそうな香《かお》りに包《つつ》まれる。

僕《ぼく》は0系《けい》、さくらちゃんはラインが緑の200系《けい》、大樹《たいき》と七海《ななみ》ちゃんは300系《けい》。

『いっただきまーす!!』

新幹線《しんかんせん》の背中《せなか》にもられたカレーをすくって口《くち》へ運《はこ》ぶ。

ほんのりと甘《あま》いカレーは、頬《ほお》が落《お》ちそうなくらいにおいしい。

「ここのカレーはすごくおいしいよねぇ〜!!」

ニコニコしながらさくらちゃんが、カレーをパクパク食《た》べる。

草津行
C57 117
E10 4
C62 14
3番線

「きっと、こんな鉄道《てつどう》グッズに囲《かこ》まれた場所《ばしょ》で食《た》べるからだよ」

僕《ぼく》はカレーを口《くち》へほうりこみながら微笑《ほほえ》む。

「まるで、列車《れっしゃ》に乗《の》って食《た》べているみたいに思《おも》えるもんね」

七海《ななみ》ちゃんがそう言《い》うと、大樹《たいき》が周囲《しゅうい》を改《あらた》めて見《み》まわす。

「僕《ぼく》が将来《しょうらい》家《いえ》を造《つく》る時《とき》は、ここを参考《さんこう》にさせてもらいます」

「いいねっ！　僕《ぼく》もこんな家《いえ》に住《す》みたいなぁ」

僕《ぼく》はカレーだけでなく、夢《ゆめ》も一緒《いっしょ》に食《た》べているような気《き》がした。

8 東横線《とうよこせん》で元町《もとまち》へ

おいしいカレーでお腹《なか》をいっぱいにした僕《ぼく》らは店《みせ》を出《で》た。

出《で》る時《とき》に「これ記念入場券《きねんにゅうじょうけん》ね」と「ナイアガラ駅《えき》」と書《か》いてある、昔《むかし》の硬券《こうけん》のようなきっぷをもらった。

僕《ぼく》らが祐天寺《ゆうてんじ》の改札口《かいさつぐち》へ戻《もど》ってきたのは、14時半頃《じはんごろ》。

また、みんな東急《とうきゅう》ワンデーオープンチケットを自動改札機《じどうかいさつき》へ入《い》れながら通《とお》る。

「次《つぎ》は横浜《よこはま》の元町《もとまち》の骨董屋《こっとうや》さんへ行《い》くんだよね？」

七海《ななみ》ちゃんが頰《ほお》に右《みぎ》の人差《ひとさ》し指《ゆび》をトントンと当《あ》てながら、僕《ぼく》にうなずいた。

「おばあちゃんがフランスへ渡《わた》る時《とき》に忘《わす》れてきた物《もの》ってなんだろう……」

コンコース中央《ちゅうおう》に来《き》た時《とき》、僕《ぼく》の足《あし》が止《と》まった。後《うし》ろを歩《ある》いていた大樹《たいき》が僕《ぼく》の背中《せなか》にぶつかりそうになり、あわてた声《こえ》を出《だ》した。

「雄太《ゆうた》、どうかしたのか？」

僕《ぼく》は左右《さゆう》の番線表示《ばんせんひょうじ》を交互《こうご》に指差《ゆびさ》した。

「1番線《ばんせん》は横浜方面《よこはまほうめん》、3番線《ばんせん》は渋谷方面《しぶやほうめん》……2番線《ばんせん》がないよ！」

『本当《ほんとう》だ～!!』

思《おも》わず大《おお》きな声《こえ》で、みんなが叫《さけ》んでしまった。

祐天寺《ゆうてんじ》には二《ふた》つしかホームはない。

なのに、1番線《ばんせん》の次《つぎ》は、なぜか3番線《ばんせん》になっていた。

「なぜかわかるか、大樹《たいき》？」

大樹《たいき》は手《て》を頭《あたま》の後《うし》ろにやった。

「いやぁそれは僕《ぼく》も調《しら》べていなかったな」

こういう時《とき》は、駅員《えきいん》さんに聞《き》くのが一番《いちばん》。

鉄道《てつどう》に関《かん》することなら、僕《ぼく》は初対面《しょたいめん》の人《ひと》にも気楽《きらく》に話《はな》しかけることができる。

タタッと改札口《かいさつぐち》へ戻《もど》った僕《ぼく》は、グレーの制服《せいふく》を着《き》た窓口《まどぐち》の駅員《えきいん》さんに駆《か》けよった。

「あの～すみません。どうして、祐天寺《ゆうてんじ》には2番線《ばんせん》がないんですか？」

駅員《えきいん》さんは微笑《ほほえ》んで口《くち》を開《ひら》く。

「それは、2番線《ばんせん》が『通過線《つうかせん》』だからなんです」

「通過線《つうかせん》？」

「1番線《ばんせん》と3番線《ばんせん》の間《あいだ》には、もう一本《いっぽん》、この駅《えき》を通過《つうか》する電車《でんしゃ》のための線路《せんろ》が通《とお》っていて、そこが2番線《ばんせん》なんですよ」

「へぇ～それで2番線《ばんせん》のホームがないんですね。ありがとうございました！」

僕《ぼく》はやさしく教《おし》えてくれた駅員《えきいん》さんにペコリと頭《あたま》を下《さ》げた。

大樹《たいき》は「そんなこともあるのかぁ……」と驚《おどろ》いた表情《ひょうじょう》でつぶやき、さっそく手帳《てちょう》にメモをとった。

1番線《ばんせん》へと上《あ》がると、さくらちゃんが真《ま》ん中《なか》の線路《せんろ》を指差《ゆびさ》してうなずく。

「あれが2番線《ばんせん》ってことなのねっ！」

「通過線《つうかせん》がある駅《えき》はここだけじゃないけど、通過線《つうかせん》にも番線《ばんせん》がつけられているなんて、ものすごく珍《めずら》しいことだと思《おも》うよ」

「なるほど！　また一《ひと》つ、勉強《べんきょう》になっちゃった」

それから、さくらちゃんは乗《の》りつぶしマップを取《と》り出《だ》した。

「元町《もとまち》ってことは……」

僕《ぼく》は祐天寺《ゆうてんじ》に指《ゆび》を置《お》き、すっと東横線《とうよこせん》をなぞる。

「ここから東横線《とうよこせん》の終点《しゅうてん》・横浜《よこはま》を越《こ》えて、みなとみらい線《せん》の元町《もとまち》・中華街《ちゅうかがい》まで行《い》くんだ」

「元町《もとまち》には中華街《ちゅうかがい》があるの？　それってどんなとこ？」

「町全体《まちぜんたい》が中国《ちゅうごく》っぽいテーマパークみたいなところだよ」

「うわぁ！　おもしろそう〜」

渋谷方面《しぶやほうめん》からさっきと同《おな》じ、赤《あか》いラインの入《はい》った５０５０系《けい》がやってきた。

「あの各駅停車《かくえきていしゃ》に乗《の》って自由《じゆう》が丘《おか》で降《お》りて、急行《きゅうこう》に乗《の》り換《か》えると早《はや》く着《つ》くよ」

さすが地元《じもと》の七海《ななみ》ちゃんは、東横線《とうよこせん》についてもよく知《し》っている。

「よしっ、じゃあ。自由《じゆう》が丘《おか》で急行《きゅうこう》に乗《の》り換《か》えよう！」

僕《ぼく》らは祐天寺《ゆうてんじ》14時《じ》32分発《ふんはつ》の各駅停車《かくえきていしゃ》に乗車《じょうしゃ》し、三《みっ》つ先《さき》の自由《じゆう》が丘《おか》で下車《げしゃ》した。

各駅停車《かくえきていしゃ》は３番線《ばんせん》に停車《ていしゃ》。急行《きゅうこう》が停《と》まるのはホームの別《べつ》の側《がわ》の４番線《ばんせん》なので、ホームを横切《よこぎ》るだけで乗《の》り換《か》えられる。

東急《とうきゅう》はこういった乗《の》り換《か》えが、どこでもスムーズな気《き》がする。

4番線《ばんせん》にやってきた急行《きゅうこう》の車両《しゃりょう》も同《おな》じ5050系《けい》だったけど、各駅停車《かくえきていしゃ》と同《おな》じ八両編成《りょうへんせい》ではなく十両編成《じゅうりょうへんせい》だった。

「東横線《とうよこせん》って、同《おな》じ車両《しゃりょう》しかないのかしら」

二台並《だいなら》ぶ5050系《けい》を見《み》ながらつぶやいたさくらちゃんに、七海《ななみ》ちゃんが首《くび》を横《よこ》に振《ふ》る。

「そんなことないよ。東横線《とうよこせん》も色々《いろいろ》な電車《でんしゃ》が走《はし》っているよ」

大樹《たいき》は「待《ま》ってました」とばかりに手帳《てちょう》をパタリと開《ひら》く。

「細《こま》かい種類《しゅるい》は除《のぞ》きますが……まず東急《とうきゅう》には5050系《けい》、5000系《けい》があります。次《つぎ》に相互乗《そうごの》り入《い》れしている東京《とうきょう》メトロの7000系《けい》と10000系《けい》、西武鉄道《せいぶてつどう》の6000系《けい》と40000系《けい》、東武鉄道《とうぶてつどう》の9000型《がた》、9050型《がた》、50070型《がた》。さらに横浜高速鉄道《よこはまこうそくてつどう》のY《ワイ》500系《けい》と十種類以上《じゅっしゅるいいじょう》の車両《しゃりょう》が走《はし》っていますよ」

「そんなにたくさんあるの!?」

「東横線《とうよこせん》は渋谷《しぶや》で東京《とうきょう》メトロ副都心線《ふくとしんせん》に接続《せつぞく》し、小竹向原《こたけむかいはら》では西武有楽町線《せいぶゆうらくちょうせん》・池袋線《いけぶくろせん》、和《わ》光市《こうし》では東武東上線《とうぶとうじょうせん》、横浜《よこはま》でみなとみらい線《せん》とつながっていますからね」

さくらちゃんは両手《りょうて》で頬《ほお》をおさえ、眉《まゆ》をよせた。

「……東京《とうきょう》の電車《でんしゃ》って、本当《ほんとう》にややこしいよねぇ」

「そうですね。さくらさんが言《い》うとおり、東京《とうきょう》の電車《でんしゃ》は僕《ぼく》らでも驚《おどろ》いてしまうほど変化《へんか》し続《つづ》けているんです」

5050系《けい》は、左右《さゆう》に白《しろ》い大《おお》きな化粧板《けしょういた》のあるロングシートだった。

また、みんなで横《よこ》に並《なら》んで座《すわ》る。

14時《じ》39分《ふん》。ドアが閉《し》まり、電車《でんしゃ》はクゥウンと加速《かそく》しはじめた。

多摩川《たまがわ》から新丸子《しんまるこ》へ移動《いどう》する間《あいだ》に、今日《きょう》二回目《かいめ》の多摩川《たまがわ》を渡《わた》る。

急行《きゅうこう》といっても停車駅《ていしゃえき》は割合多《わりあいおお》く、武蔵小杉《むさしこすぎ》、日吉《ひよし》、綱島《つなしま》、菊名《きくな》と停車《ていしゃ》しながら走《はし》る。

東横線《とうよこせん》は東急《とうきゅう》の中《なか》でも、最《もっと》も都会《とかい》の中《なか》を走《はし》る路線《ろせん》だ。渋谷《しぶや》をスタートして中目黒《なかめぐろ》、自由《じゆう》が丘《おか》、武蔵小杉《むさしこすぎ》、日吉《ひよし》、横浜《よこはま》など駅周辺《えきしゅうへん》に大《おお》きなマンションやビルが建《た》ち並《なら》ぶ街《まち》をいくつも通《とお》るため、車内《しゃない》はいつも混《こ》み合《あ》っている。

東白楽《ひがしはくらく》を過《す》ぎると電車《でんしゃ》は地下《ちか》に潜《もぐ》り、やがて地下駅《ちかえき》の横浜《よこはま》に到着《とうちゃく》。そのまま、みなとみらい線《せん》に乗《の》り入《い》れる。

横浜《よこはま》を出発《しゅっぱつ》してすぐに、七海《ななみ》ちゃんのケータイにメールの着信《ちゃくしん》があった。

メールはおばあちゃんからだった。

「えっと……『宮《みや》の坂《さか》に、17時《じ》までにどら焼《や》きを持《も》ってきてね』だって」

「宮《みや》の坂《さか》？」

さくらちゃんが聞《き》き返《かえ》すと、大樹《たいき》は乗《の》りつぶしマップを出《だ》して指《ゆび》を置《お》く。

「宮《みや》の坂《さか》は……ラッキーなことに『世田谷《せたがや》線《せん》』ですね。東急《とうきゅう》ワンデーオープンチケットで行《い》けますよ」

「ってことは……骨董店《こっとうてん》で忘《わす》れ物《もの》を受《う》け取《と》ったら、再《ふたた》び東横線《とうよこせん》で渋谷《しぶや》ね」

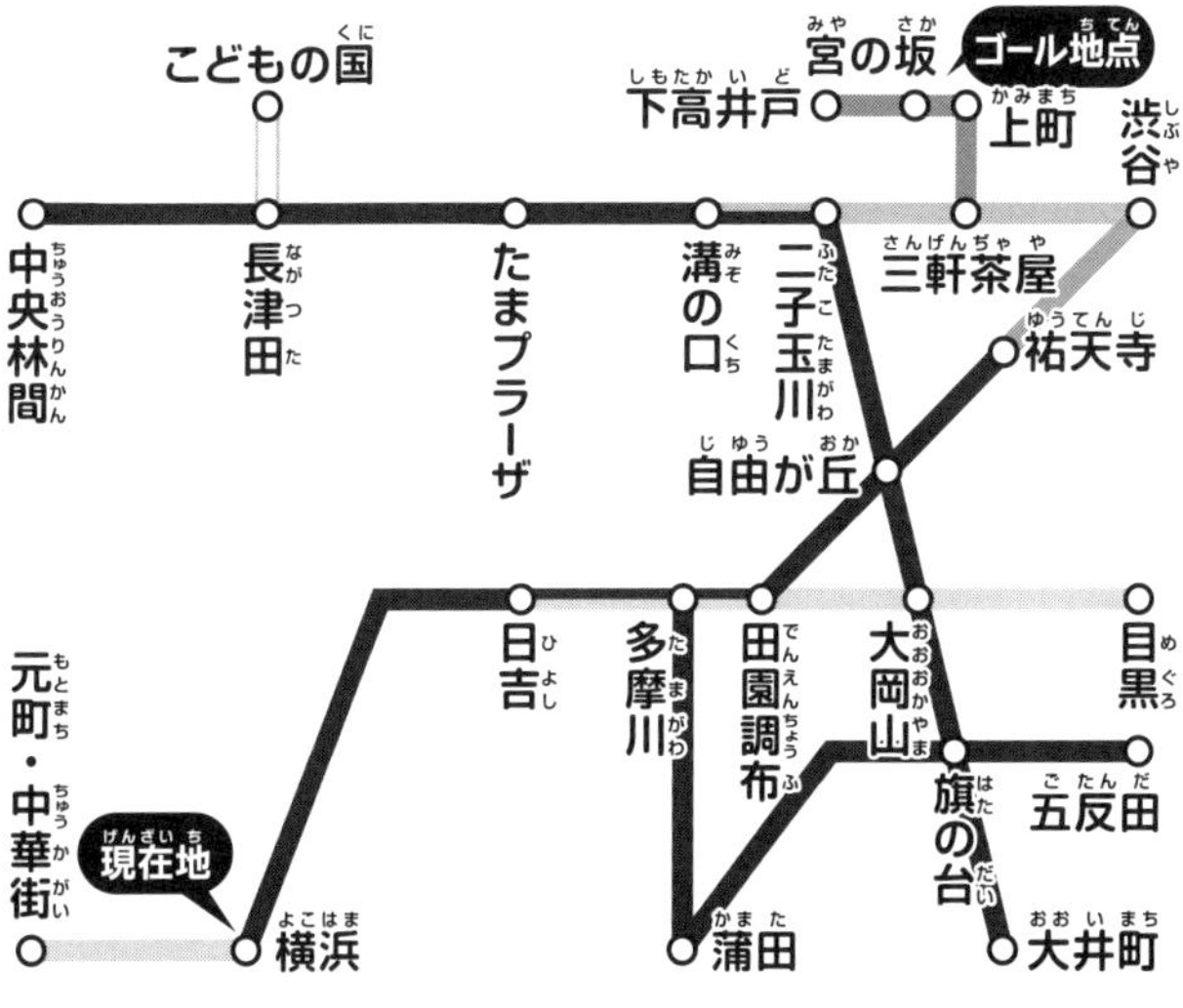

「そして、渋谷《しぶや》から田園都市線《でんえんとしせん》を三軒茶屋《さんげんぢゃや》まで行《い》き、そこから世田谷線《せたがやせん》に乗《の》り換《か》えです」

うれしくなった僕《ぼく》はニヒッと笑《わら》う。

「いいねっ！ これで東横線《とうよこせん》は完乗《かんじょう》できちゃうし、世田谷線《せたがやせん》にも乗《の》れるんだよ！」

「雄太君《ゆうたくん》って、そういう時《とき》は本当《ほんとう》にうれしそうな顔《かお》をするよね」

微笑《ほほえ》むさくらちゃんに、僕《ぼく》は胸《むね》を張《は》って答《こた》える。

「だって僕《ぼく》は一日中電車《にちじゅうでんしゃ》に乗《の》っていたい乗《の》り鉄《てつ》だからっ！」

終点《しゅうてん》の元町《もとまち》・中華街《ちゅうかがい》に着《つ》いたのは、15時《じ》8分《ふん》。ホームは地下《ちか》四階《かい》にあった。

かまぼこ形《がた》の屋根《やね》を持《も》つ駅《えき》の壁《かべ》には、昔《むかし》の横浜《よこはま》を写《うつ》したモノクロ写真《しゃしん》がオシャレに飾《かざ》られている。

黒《くろ》い煙《けむり》をあげている大《おお》きな客船《きゃくせん》、たくさんの外国人《がいこくじん》で賑《にぎ》わう中華街《ちゅうかがい》、この街《まち》で生《い》き生《い》きと働《はたら》いている和服《わふく》の人《ひと》たちなどの写真《しゃしん》を見《み》ながら、エスカレーターを四《よっ》つ乗《の》り継《つ》いで改札《かいさつ》口《ぐち》まで進《すす》んだ。

僕《ぼく》らは改札口《かいさつぐち》で、東急《とうきゅう》ワンデーオープンチケットと追加料金《ついかりょうきん》一人《ひとり》一一〇円《えん》を出《だ》して精算《せいさん》する。

なぜって？　それは横浜《よこはま》から先《さき》は東急《とうきゅう》じゃなくて、横浜高速鉄道《よこはまこうそくてつどう》みなとみらい線《せん》だからなんだ。

「うわぁ～いい雰囲気《ふんいき》の街《まち》ね～!!」

外《そと》に出《で》たさくらちゃんは、胸《むね》の前《まえ》で両手《りょうて》をパチンと合《あ》わせて、目《め》を輝《かがや》かせた。

ゆったりとカーブする石畳《いしだたみ》の道《みち》が続《つづ》いている。その左右《さゆう》にブティックやカフェが入《はい》ったオシャレなビルが並《なら》び、最近《さいきん》のファッションに身《み》を包《つつ》んだ人《ひと》が通《とお》りを行《い》き交《か》っていた。

元町《もとまち》は神奈川県《かながわけん》でも一、二を争《あらそ》うオシャレタウンなんだ。

七海《ななみ》ちゃんはおばあちゃんに描《か》いてもらった地図《ちず》を見《み》ながら歩《ある》きだす。

駅前《えきまえ》の橋《はし》を渡《わた》り、高速道路《こうそくどうろ》の高架橋《こうかきょう》の下《した》を歩《ある》く。大《おお》きな交差点《こうさてん》を渡《わた》り、運河《うんが》に沿《そ》って進《すす》み、次《つぎ》の角《かど》を右《みぎ》に曲《ま》がった。

「このお店《みせ》だ」

七海《ななみ》ちゃんがつぶやく。その視線《しせん》の先《さき》に三階《がい》建《だ》てのビルがあり、一階《いっかい》に小《ちい》さな扉《とびら》のお店《みせ》があった。扉《とびら》の周《まわ》りの壁《かべ》にはかわいい天使《てんし》が舞《ま》うレリーフが刻《きざ》まれている。

入口《いりぐち》の上《うえ》には読《よ》み方《かた》はわからないけれど「Je t'attends ici」とアルファベットで書《か》かれ

ていた。

大《おお》きな国旗《こっき》の下《した》を通《とお》り抜《ぬ》けながら骨董店《こっとうてん》に入《はい》った僕《ぼく》らは思《おも》わず息《いき》をのんだ。

天井《てんじょう》から下《さ》がっている琥珀色《こはくいろ》の古《ふる》いランプに淡《あわ》い灯《ひ》がともり、あたりをほのかに照《て》らしている。壁《かべ》に木製《もくせい》のどっしりした食器棚《しょっきだな》やキャビネットが並《なら》び、アンティークのカップやグラス、お皿《さら》が置《お》かれていた。ねじ巻《ま》き時《ど》計《けい》や振《ふ》り子《こ》時《ど》計《けい》がカッチコッチと時《とき》を刻《きざ》む音《おと》がどこかから聞《き》こえてくる。

まるで様々《さまざま》な時《とき》を集《あつ》めたような不思議《ふしぎ》な空間《くうかん》で、店《みせ》の幅《はば》は細《ほそ》く、奥《おく》へと続《つづ》いている。

一番奥《いちばんおく》に、右目《みぎめ》に丸《まる》いレンズをはめ、椅子《いす》に座《すわ》って一心《いっしん》に作業《さぎょう》している白髪《はくはつ》のおじいさんがいた。白《しろ》いシャツに茶系《ちゃけい》のチョッキを着《き》ている。

おじいさんは僕《ぼく》らの気配《けはい》を察《さっ》したように顔《かお》をあげ、はめていたレンズをはずしてから、眼鏡《めがね》をかけた。

「やぁ、君《きみ》が美智子《みちこ》さんの孫《まご》の七海《ななみ》ちゃんだね」

きれいになでつけた白髪《はくはつ》をするりとなで、おじいさんは微笑《ほほえ》んだ。手《て》に持《も》っていた古《ふる》い時計《とけい》を前《まえ》のテーブルにそっと置《お》いて立《た》ち上《あ》がる。

「あ、あの……こんにちは」

七海《ななみ》ちゃんと一緒《いっしょ》に僕《ぼく》らも、おじいさんに頭《あたま》を下《さ》げる。

「ちょっと待《ま》っててくれ。美智子《みちこ》さんの忘《わす》れ物《もの》を今《いま》、持《も》ってくるから」

おじいさんは店《みせ》の奥《おく》のカーテンの向《む》こうに姿《すがた》を消《け》し、すぐに戻《もど》ってきた。それから七海《ななみ》ちゃんを手招《てまね》きして、ベルベットが貼《は》ってある小《ちい》さな古《ふる》いケースを手渡《てわた》した。

「はい。これ……開《あ》けてごらん」

「いいんですか？　私《わたし》はただ、おばあちゃんからお使《つか》いを……」

「いいんだ。美智子《みちこ》さんから、七海《ななみ》ちゃんに渡《わた》して、見《み》せてあげてくれと頼《たの》まれているんだよ」

「私《わたし》に？」

おじいさんは微笑《ほほえ》んでうなずく。

七海《ななみ》ちゃんは決心《けっしん》したように、箱《はこ》のふたを開《あ》けた。

「わあ……きれい……。これって時計《とけい》ですか？」

「ペンダント型《がた》のアンティークの時計《とけい》だよ」

銀色《ぎんいろ》の細《ほそ》いチェーンがかけられていて、ハート形《がた》のペンダントトップのところに小《ちい》さな突起《とっき》がある。

「それを開《あ》けてごらん」

おじいさんに促《うなが》され、七海《ななみ》ちゃんは突起《とっき》に爪《つめ》をかけ、ほんの少《すこ》し力《ちから》をいれる。

ロックがはずれ、ぱかっとふたがあき、文字盤《もじばん》が現《あらわ》れた。12、3、6、9というシルバーの小《ちい》さな文字《もじ》が90度《ど》ごとに記《しる》された繊細《せんさい》な時計《とけい》だ。

「！　……素敵《すてき》……」

「まあ、お座《すわ》りなさい」

おじいさんは自分《じぶん》の椅子《いす》に座《すわ》ると、七海《ななみ》ちゃんを前《まえ》の席《せき》に、僕《ぼく》らにはその脇《わき》にあるソファに腰《こし》をかけるようにと促《うなが》した。

七海《ななみ》ちゃんは食《く》い入《い》るように時計《とけい》を見《み》つめ、やがてはっとしたような表情《ひょうじょう》で耳《みみ》に当《あ》てた。

「……音《おと》がする……動《うご》いている音《おと》が……」

「ゼンマイ仕掛《じか》けの時計《とけい》だからね。毎日《まいにち》、ねじを巻《ま》くんだよ」

「これが……おばあちゃんの忘《わす》れ物《もの》なんですか？」

静《しず》かにうなずいたおじいさんは、少《すこ》し照《て》れながら笑《わら》う。

「忘《わす》れ物《もの》……いや、取《と》りに戻《もど》ってこなかったものかな？」

「取《と》りに戻《もど》ってこなかった？」

七海《ななみ》ちゃんが聞《き》き返《かえ》すと、おじいさんは恥《は》ずかしそうに昔話《むかしばなし》を始《はじ》めた。

「僕《ぼく》は美智子《みちこ》さんにプロポーズをしたことがあってね。この時計《とけい》は、その時《とき》に美智子《みちこ》さんに差《さ》し出《だ》したものなんだ……」

もちろん、そんなことを聞《き》かされたら、全《ぜん》員腰《いんこし》を抜《ぬ》かさんばかりに驚《おどろ》く。

『プッ、プロポーズ〜!?』

これはおじいさんが「結婚《けっこん》してください」と申《もう》し込《こ》んだ時《とき》に、差《さ》し出《だ》したものだと言《い》うのだ。

「お互《たが》い二十代《だい》前半《ぜんはん》の頃《ころ》だがねぇ。僕《ぼく》はフランスに時計作《とけいづく》りの修業《しゅぎょう》に行《い》きたくてね。美智《みち》子《こ》さんは『フランスの本《ほん》を翻訳《ほんやく》して日本《にほん》に紹介《しょうかい》したい』って夢《ゆめ》を持《も》っていたから、フランスのことで気《き》が合《あ》った僕《ぼく》らは『いつか一緒《いっしょ》にフランスへ行《い》こう』と、よく食事《しょくじ》をしたり話《はなし》をしたりしていたんだ。そしていつの間《ま》にか、僕《ぼく》は恋《こい》に落《お》ちてしまってね」

「そ、それでどうなったんですか？」

七海《ななみ》ちゃんは、おじいさんの目《め》を見《み》つめて、真剣《しんけん》な顔《かお》でたずねる。

「美智子《みちこ》さんだけ、フランスへ行《い》くことになったんだよ」

「おばあちゃんだけで？　おじいさまはどうしたの？」

「親父《おやじ》が病気《びょうき》で倒《たお》れて、僕《ぼく》は骨董屋《こっとうや》を継《つ》がなくてはならなくなったんだ。だから、フランスへ時計作《とけいづく》りの修業《しゅぎょう》に行《い》ってる場合《ばあい》じゃなくなった。でも美智子《みちこ》さんは、翻訳《ほんやく》について猛《もう》勉強《べんきょう》していたからね。準備《じゅんび》が整《ととの》って『私《わたし》はフランスへ行《い》く』って言《い》ったんだ。日本《にほん》を離《はな》れられない僕《ぼく》はあせってね」

「それでプロポーズをしたんですか？」

僕《ぼく》が聞《き》くと、おじいさんはコクリとうなずく。

「二十二歳《さい》の時《とき》だったよ。もちろん断《ことわ》られたけど、僕《ぼく》はあきらめきれなくてね。フランスへ旅立《たびだ》つ美智子《みちこ》さんに『もし日本《にほん》へ帰《かえ》ることになったら、この時計《とけい》を受《う》け取《と》りにきてくれ』ってお願《ねが》いしたんだけど……。美智子《みちこ》さんは立派《りっぱ》に翻訳家《ほんやくか》として成功《せいこう》したし、ダニエルと再会《さいかい》して結婚《けっこん》したって聞《き》いたよ」

「ごめんなさい……」

七海《ななみ》ちゃんが謝《あやま》ると、おじいさんはフフフッと笑《わら》う。

「どうして七海《ななみ》ちゃんが謝《あやま》るんだい？　美智子《みちこ》さんには断《ことわ》られたが、僕《ぼく》も幸《しあわ》せになったよ」

おじいさんは左手《ひだりて》の薬指《くすりゆび》に光《ひか》るプラチナの指輪《ゆびわ》を見《み》せた。

「七海《ななみ》ちゃんのおばあちゃんは、日本《にほん》で落《お》ちつくのではなくて、本当《ほんとう》にやりたかった自分《じぶん》の夢《ゆめ》のためにフランスへ挑戦《ちょうせん》しに行《い》ったんですね」

真剣《しんけん》な顔《かお》で聞《き》いていたさくらちゃんが、静《しず》かだけどどこか力強《ちからづよ》い声《こえ》で言《い》った。

きっと、同《おな》じように夢《ゆめ》を追《お》ってハリウッドにいるさくらちゃんには、今《いま》のおばあちゃんの話《はなし》が自分《じぶん》のことのように共感《きょうかん》できるんだろう。

「ダニエルは、小学生《しょうがくせい》の頃《ころ》からパティシエになるための努力《どりょく》をしていた。彼《かれ》の生《い》き方《かた》に心《こころ》を打《う》たれた美智子《みちこ》さんは、自分《じぶん》も同《おな》じように夢《ゆめ》を追《お》って努力《どりょく》する人《ひと》になろうとしたんだよ」

おじいさんは本当《ほんとう》にやさしい顔《かお》で微笑《ほほえ》んだ。

「……こんな大事《だいじ》なもの受《う》け取《と》れません。おばあちゃんが自分《じぶん》でここに来《く》るべきです」

七海《ななみ》ちゃんは時計《とけい》をおじいさんへ返《かえ》そうとする。

だけど、おじいさんは首《くび》を横《よこ》に振《ふ》りながらケースをパチンと閉《と》じる。

「きっと美智子《みちこ》さんは、今《いま》の七海《ななみ》ちゃんにこれが必要《ひつよう》だと思《おも》ったんじゃないかな？」

「私《わたし》に？」

おじいさんは七海《ななみ》ちゃんの小《ちい》さな両手《りょうて》のひらに、ケースを包《つつ》みこむように持《も》たせた。

おじいさんの手《て》の温《ぬく》もりから、七海《ななみ》ちゃんはなにかを感《かん》じ取《と》ったようだった。

「わかりました。ありがとうございます」

七海《ななみ》ちゃんはとても大事《だいじ》そうに、ケースを自分《じぶん》のハンドバッグにしまった。

「美智子《みちこ》さんによろしく伝《つた》えてね」

「はい。ちゃんと伝《つた》えます！」

僕《ぼく》らは七海《ななみ》ちゃんと一緒《いっしょ》にもう一度《いちど》、頭《あたま》を下《さ》げて骨董店《こっとうてん》をあとにした。

店《みせ》を出《で》た瞬間《しゅんかん》、強《つよ》い日射《ひざ》しが目《め》に入《はい》る。

店名《てんめい》を見上《みあ》げた大樹《たいき》は、ケータイの画面《がめん》を見《み》せながらつぶやく。

「この店《みせ》の名前《なまえ》『Je t'attends ici《ジュタトンイシ》』の意味《いみ》がわかりましたよ」

僕《ぼく》は大樹《たいき》に振《ふ》り向《む》いた。

「どういう意味《いみ》？」

「フランス語《ご》で……『僕《ぼく》は君《きみ》をここで待《ま》つ』だそうです」

「僕《ぼく》はここで待《ま》つ……か」

僕《ぼく》らは店頭《てんとう》で大《おお》きく揺《ゆ》れるフランス国旗《こっき》を眺《なが》めながら、骨董屋《こっとうや》のおじいさんや七海《ななみ》ちゃんのおばあちゃんの若《わか》い頃《ころ》に思《おも》いをはせた。

そして、様々《さまざま》な夢《ゆめ》を追《お》う僕《ぼく》らT3《ティースリー》のメンバーそれぞれのことにも思《おも》いを巡《めぐ》らせた。

努力《どりょく》して、夢《ゆめ》を叶《かな》えつつあるさくらちゃんと未来《みらい》。

夢《ゆめ》に向《む》かってひたすら無我夢中《むがむちゅう》で努力《どりょく》を続《つづ》けている僕《ぼく》と大樹《たいき》。

あれ……もしかして、七海《ななみ》ちゃんは少《すこ》しあせっているのかな？

昨日《きのう》のミーティングでなんとなく感《かん》じた七海《ななみ》ちゃんの違和感《いわかん》は、それが原因《げんいん》じゃないのかなと僕《ぼく》は考《かんが》えた。

考《かんが》えごとで僕《ぼく》がボンヤリとしていたので、大樹《たいき》が代《か》わりにみんなに声《こえ》をかけてくれる。

「では、すべてのアイテムは整《ととの》いましたので、宮《みや》の坂《さか》のおばあちゃんに届《とど》けましょうか」

みんなは『うん』と深《ふか》くうなずいた。

店《みせ》から離《はな》れて歩《ある》き出《だ》した瞬間《しゅんかん》、再《ふたた》び時間《じかん》が動《うご》き出《だ》したような感《かん》じがした。

9 自分《じぶん》で輝《かがや》かないとね

再《ふたた》び元町《もとまち》・中華街《ちゅうかがい》に戻《もど》り、追加《ついか》の一一〇円《えん》を払《はら》って改札口《かいさつぐち》から入《はい》り、15時《じ》40分《ぷん》発《はつ》の急《きゅう》行《こう》・和光市行《わこうしいき》に乗《の》った。渋谷《しぶや》に到着《とうちゃく》した時《とき》には16時《じ》20分《ぷん》になっていた。

これで東横線《とうよこせん》も完乗《かんじょう》！　みんな笑顔《えがお》で、乗《の》りつぶしマップにペンを走《はし》らせる。

「いつ来《き》てもダンジョンみたいで、迷《まよ》いそうになっちゃうよねぇ」

七海《ななみ》ちゃんの言《い》うとおり、渋谷駅《しぶやえき》の地下構内《ちかこうない》は人《ひと》がたくさん通《とお》っているうえ、ビルへの入口《いりぐち》も多《おお》く、ところどころでカーブしていたりスロープになっていて迷路《めいろ》みたい。

僕《ぼく》らは、東横線《とうよこせん》から田園都市線《でんえんとしせん》に乗《の》り換《か》える。

七海《ななみ》ちゃんは、すごくすっきりとした表情《ひょうじょう》で、元気《げんき》いっぱいだ。

渋谷発《しぶやはつ》16時《じ》29分《ふん》発《はつ》の中央林間行《ちゅうおうりんかんいき》に乗《の》って、三軒茶屋《さんげんぢゃや》に着《つ》いたのは16時《じ》34分《ぷん》。

改札口《かいさつぐち》を出《で》て地下通路《ちかつうろ》を歩《ある》き、一階《いっかい》へと続《つづ》く階段《かいだん》を上《のぼ》ると世田谷線《せたがやせん》の乗《の》り場《ば》があった。

僕《ぼく》らは車体全体《しゃたいぜんたい》が黄色《きいろ》に塗《ぬ》られた300系《けい》に乗《の》りこむ。

「えっ、世田谷線《せたがやせん》って路面電車《ろめんでんしゃ》だったの!?」

なんてさくらちゃんは驚《おどろ》いたけど、世田谷線《せたがやせん》は全線軌道線《ぜんせんきどうせん》で道路併用軌道《どうろへいようきどう》はない。

車両《しゃりょう》は低床二両編成《ていしょうりょうへんせい》の路面電車《ろめんでんしゃ》の形《かたち》をしてるけど、道路上《どうろじょう》を走《はし》るのは環状七号線《かんじょうごうせん》という片側二車線《かたがわしゃせん》もある大《おお》きな道《みち》を跨《また》ぐ時《とき》だけ。

普通《ふつう》、電車《でんしゃ》が踏切《ふみきり》を通《とお》る時《とき》には、道路側《どうろがわ》に遮断機《しゃだんき》が下《お》りるよね。でも、環状七号線《かんじょうごうせん》にある若林踏切《わかばやしふみきり》では、信号《しんごう》が変《か》わるまで電車《でんしゃ》が道路手前《どうろてまえ》で待《ま》つ、すごく珍《めずら》しい踏切《ふみきり》なんだ。

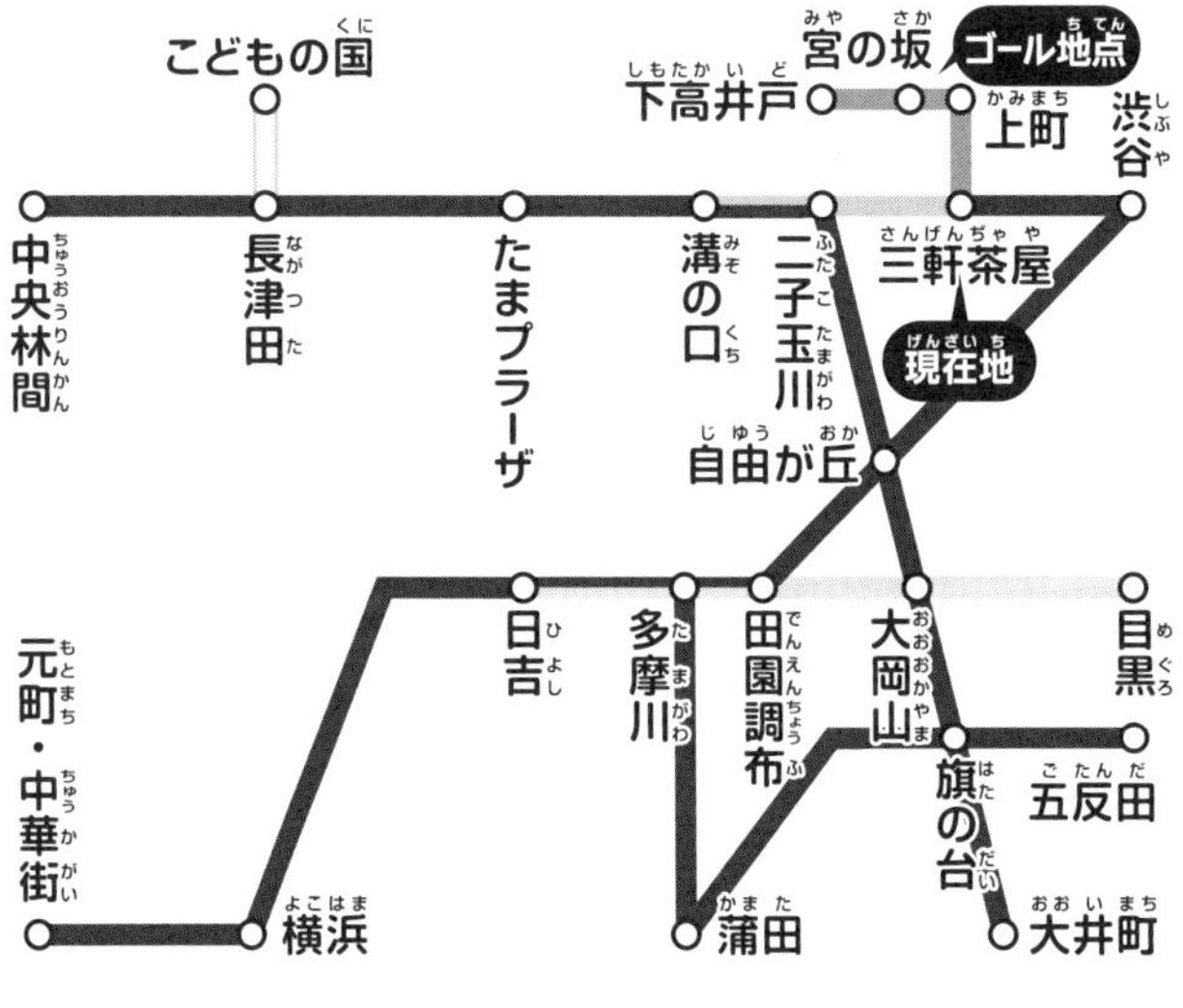

電車《でんしゃ》が信号《しんごう》の前《まえ》で停《と》まっている姿《すがた》を降《お》りて見《み》に行《い》きたかったけど、おばあちゃんとの約《やく》束《そく》の時間《じかん》が迫《せま》っていたので今回《こんかい》は断念《だんねん》。場所《ばしょ》は三軒茶屋《さんげんぢゃや》から二駅《ふたえき》、若林《わかばやし》の少《すこ》し手前《てまえ》だよ。

世田谷線《せたがやせん》は、古《ふる》い住宅街《じゅうたくがい》の中《なか》を縫《ぬ》うように敷《し》かれたレールをキィィンと鳴《な》らしつつ、右《みぎ》に左《ひだり》にカーブしながらゆっくりと走《はし》っていく。

16時《じ》42分《ふん》に三軒茶屋《さんげんぢゃや》を出《で》た世田谷線各駅停車《せたがやせんかくえきていしゃ》は、一駅間《ひとえきかん》一キロ程度《ていど》しかない路線《ろせん》をガタゴト走《はし》り、六《むっ》つ目《め》の宮《みや》の坂《さか》に16時《じ》52分《ふん》に停車《ていしゃ》した。

約束《やくそく》の時間《じかん》にはギリギリセーフ！

ホームに降《お》り立《た》った僕《ぼく》らの目《め》に、あるものが飛《と》びこんできた。

『電車《でんしゃ》だ――っ!!』

なんと、宮《みや》の坂《さか》の下高井戸方面行《しもたかいどほうめんいき》のホーム横《よこ》に、緑《みどり》の古《ふる》い電車《でんしゃ》が一両保存《りょうほぞん》されていた。

その中《なか》から、七海《ななみ》ちゃんのおばあちゃんがニコニコと手《て》を振《ふ》っている。

僕《ぼく》らはホームのスロープを駆《か》け降《お》りて、緑《みどり》の電車《でんしゃ》の中《なか》へ飛《と》びこんだ。

中《なか》には黄緑《きみどり》のモケットが張《は》られた長《なが》いロングシートが四《よっ》つ並《なら》んでいる。

おばあちゃんは運転台《うんてんだい》のすぐそばに立《た》っていた。駆《か》けよる七海《ななみ》ちゃんを大《おお》きく手《て》を広《ひろ》げ、抱《だ》きしめた。

「おばあちゃ――――ん!!」

「お使《つか》い、ありがとう、七海《ななみ》。そしてT3《ティースリー》のみなさんも」

おばあちゃんはやさしい笑顔《えがお》で、僕《ぼく》らの顔《かお》をゆっくりと見回《みまわ》して続《つづ》ける。

「小学生《しょうがくせい》の頃《ころ》、ダニエルと二人《ふたり》で、この『玉電《たまでん》』に渋谷《しぶや》からよく乗《の》ったわ〜」

そう言《い》うおばあちゃんに、僕《ぼく》は思《おも》わず聞《き》き返《かえ》す。

「渋谷《しぶや》から!?　世田谷線《せたがやせん》は三軒茶屋《さんげんぢゃや》からしか乗《の》れないんじゃ?」

おばあちゃんはやさしく微笑《ほほえ》む。

「昔《むかし》は渋谷《しぶや》が始発駅《しはつえき》の『玉川線《たまがわせん》』だったのよ。道路《どうろ》を拡張《かくちょう》するために、確《たし》か1970年《ねん》になる前《まえ》くらいに渋谷《しぶや》から三軒茶屋《さんげんぢゃや》までが廃止《はいし》されて、世田谷線《せたがやせん》になったの」

「だから、玉電《たまでん》なのかぁ〜」

「そうよ」

大樹《たいき》はスーツケースをパチンと開《ひら》いて、どら焼《や》きの箱《はこ》を三《みっ》つ取《と》り出《だ》して手渡《てわた》す。

「こちらが寅天堂《こうてんどう》さんのどら焼《や》き三十《さんじゅっ》個《こ》です」

おばあちゃんは上《うえ》の箱《はこ》を開《あ》け、どら焼《や》きを一《ひと》つつまみあげ、懐《なつ》かしそうに目《め》を細《ほそ》める。

「ありがとう。相変《あいか》わらずおいしそうねぇ。きっとダニエルも喜《よろこ》んでくれるわ。私《わたし》と彼《かれ》との思《おも》い出《で》のスイーツだから」

肩《かた》からかけたバッグをパチンと開《ひら》くと、七海《ななみ》ちゃんは思《おも》いつめた顔《かお》でケースを取《と》り出《だ》す。

そして、カチッとフタを開《ひら》いて、おばあちゃんに時計《とけい》を差《さ》し出《だ》した。

「これ……骨董屋《こっとうや》のおじいさまから……」

一度《いちど》受《う》け取《と》ったおばあちゃんは、改《あらた》めて七海《ななみ》ちゃんの前《まえ》に差《さ》し出《だ》す。

「これは七海《ななみ》に持《も》っていてほしいの。そうねぇ、私《わたし》の遺産《いさん》みたいなものかしら？」

フフッと笑《わら》うおばあちゃんに、七海《ななみ》ちゃんは少《すこ》し怒《おこ》って言《い》い返《かえ》す。

「縁起《えんぎ》でもない！　そんなの余計《よけい》に受《う》け取《と》れないよ!!」

「人《ひと》はいつまでも生《い》きていられるわけじゃないの。限《かぎ》りある時間《じかん》をどう使《つか》うかはとても大《だい》事《じ》なことなの。だから夢《ゆめ》があるなら努力《どりょく》をしていかなきゃ。小学生《しょうがくせい》にだって出来《でき》ることは、なにかあるはずよ」

「……おばあちゃん」

おばあちゃんは七海《ななみ》ちゃんの右手《みぎて》を握《にぎ》りながら、左手《ひだりて》でケースを手渡《てわた》す。

「私《わたし》は七海《ななみ》にもっと自分《じぶん》を磨《みが》いて、自《みずか》ら輝《かがや》いてほしいの」

「自分《じぶん》から輝《かがや》く？」

おばあちゃんは小《ちい》さくうなずく。

「私《わたし》もあなたたちくらいの頃《ころ》は、ただ本《ほん》を読《よ》むのが好《す》きなだけの子《こ》どもだったの。だけど、ダニエルはすでに『世界一《せかいいち》のパティシエになる』って夢《ゆめ》を持《も》って輝《かがや》いていた。私《わたし》にはダニエルがまぶしすぎて、その時《とき》はとても自分《じぶん》の気持《きも》ちを伝《つた》えることなんてできなかった」

「まぶしくて自分《じぶん》の気持《きも》ちを伝《つた》えられない……か。今《いま》ならわかるよ……私《わたし》」

七海《ななみ》ちゃんは言葉《ことば》をかみしめるようにうなずいた。

「私《わたし》は思《おも》ったの。『あこがれる人《ひと》に気持《きも》ちを伝《つた》えたいなら、伝《つた》えられる人《ひと》にならないといけない。自分《じぶん》を磨《みが》いて、輝《かがや》かなきゃいけない』ってね。だから夢《ゆめ》だった『海外《かいがい》の素晴《すば》らしい本《ほん》を日本《にほん》に紹介《しょうかい》』できるように、翻訳家《ほんやくか》になろうって目標《もくひょう》を見《み》つけた。そして輝《かがや》くために努力《どりょく》を始《はじ》めたのよ」

「おばあちゃん……そうだったの」

時計《とけい》のケースをおばあちゃんは、愛《いと》おしそうにすっとなでる。

「フランスで挫《くじ》けそうになった時《とき》には、よくこの時計《とけい》のことを思《おも》い出《だ》したわ。『素直《すなお》にプロポーズを受《う》けたほうが幸《しあわ》せになれるんじゃないか』ってね。でも、そうじゃなかったの……」

さくらちゃんは少《すこ》し胸《むね》を張《は》り、やさしい笑顔《えがお》で言《い》う。

「女《おんな》の子《こ》も自分《じぶん》を磨《みが》いて、夢《ゆめ》を追《お》いかけて輝《かがや》かなきゃ……ですね」

さくらちゃんに向《む》かって、おばあちゃんは「そうよ」とうなずく。

「誰《だれ》かに幸《しあわ》せにしてもらう未来《みらい》は、私《わたし》の求《もと》めた未来《みらい》じゃなかった」

ケースのフタをパチンと閉《と》じた七海《ななみ》ちゃんは、おばあちゃんの右手《みぎて》を両手《りょうて》で握《にぎ》った。

「わかった、おばあちゃん！　私《わたし》、輝《かがや》いて生《い》きられるようにがんばる！」

目《め》に少《すこ》し涙《なみだ》を浮《う》かべながら言《い》うと、おばあちゃんはやさしく微笑《ほほえ》む。

「そうね。そうすると、恋《こい》もうまくいくようになるわよ」

その瞬間《しゅんかん》に七海《ななみ》ちゃんの顔《かお》がカッと赤《あか》くなる。

「そっ、それはいいのっ！」

「好《す》きな人《ひと》が自分《じぶん》の夢《ゆめ》を追《お》って、どこまでも高《たか》く上《あ》がっていこうとしているなら、自分《じぶん》の背中《せなか》にも翼《つばさ》を生《は》やして高《たか》く上《あ》がっていかないとね。強力《きょうりょく》なライバルがいるならなおさらよ」

七海《ななみ》ちゃんとおばあちゃんは、やさしくさくらちゃんを見《み》つめた。

さくらちゃんもやさしく二人《ふたり》を見《み》つめ返《かえ》す。

「ほら、立《た》ち上《あ》がって走《はし》り出《だ》しなさい、七海《ななみ》」

七海《ななみ》ちゃんは背中《せなか》を押《お》されて立《た》ち上《あ》がり、なぜかさくらちゃんの前《まえ》に立《た》つ。

しかも、なんだか真剣《しんけん》な雰囲気《ふんいき》。

「私《わたし》、将来《しょうらい》スーパーアテンダントになれるように、今日《きょう》から頑張《がんば》るから！」

「私《わたし》だって負《ま》けないよ～！」

最初《さいしょ》、頬《ほお》を膨《ふく》らませた二人《ふたり》は睨《にら》みあっていたが、すぐにアッハハと笑《わら》いあいだした。

なっ、なんだ？　よくわからないなぁ～女《おんな》の子《こ》って……。

「どうしたの？　二人《ふたり》とも」

僕《ぼく》がきょとんして聞《き》くと、おばあちゃんと七海《ななみ》ちゃん、さくらちゃんにいっせいに見《み》つめられた。

「雄太君《ゆうたくん》……あなた言《い》われたことない？」

「なんてですか？」

七海《ななみ》ちゃんとさくらちゃんは、顔《かお》を見合《みあ》わせてから微笑《ほほえ》み、

『ドン感《かん》ねっ！』

と、二人《ふたり》でピタリと息《いき》を合《あ》わせて言《い》った。

「どっ、鈍感《どんかん》!?　どこが？」

あせった僕《ぼく》は必死《ひっし》に聞《き》き返《かえ》したが、三人《にん》は笑《わら》うばかりでなにも教《おし》えてくれなかった。

夕日《ゆうひ》が迫《せま》るデハ80形《がた》の車内《しゃない》には、黄金色《こがねいろ》に輝《かがや》くやさしい光《ひかり》が射《さ》しこみ、七海《ななみ》ちゃんとさくらちゃんの笑顔《えがお》をまぶしく照《て》らしていた。

（おしまい）

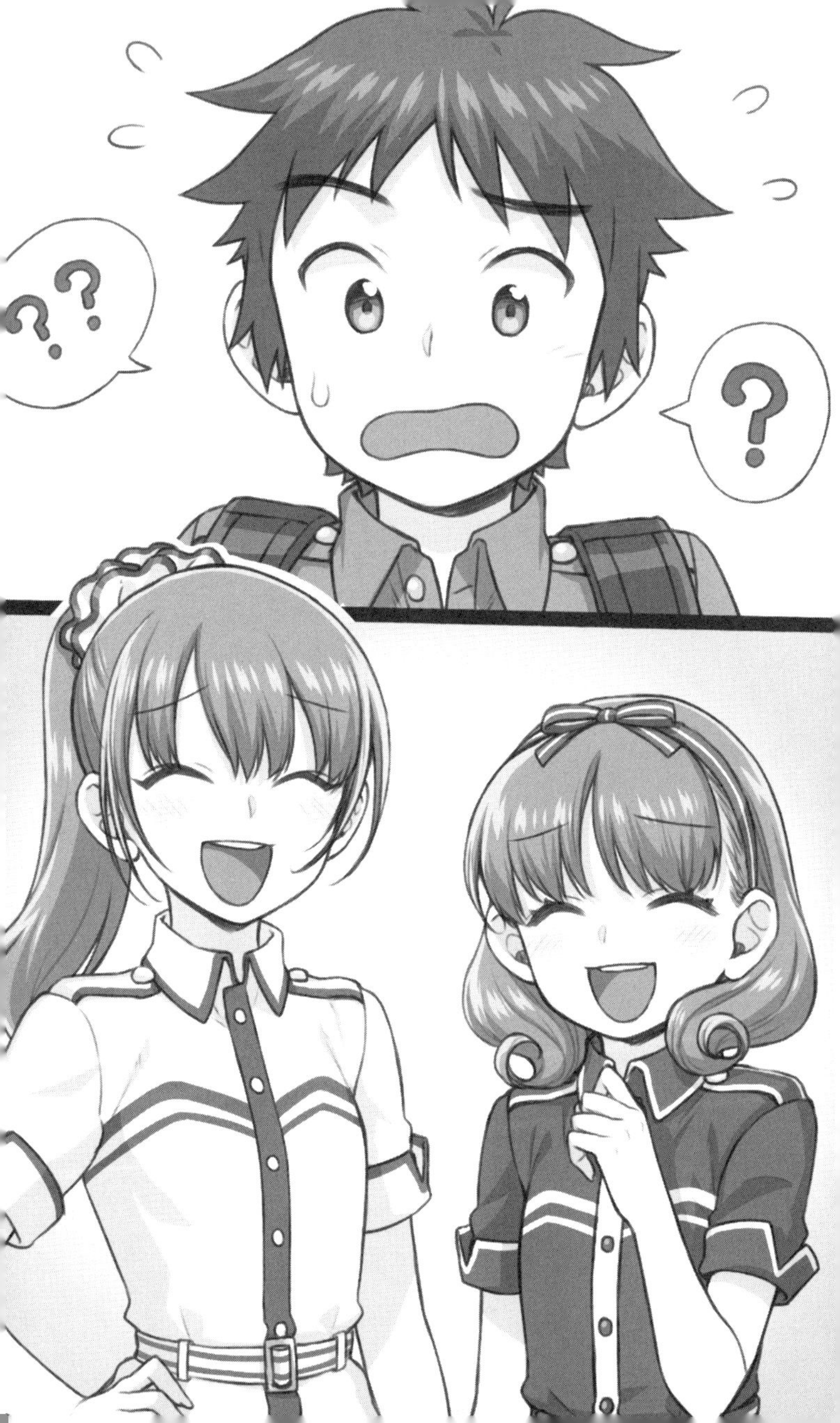

電車で行こう! Densha de Iko!

東急全線《とうきゅうぜんせん》＋みなとみらい線《せん》 乗《の》りつぶしマップ

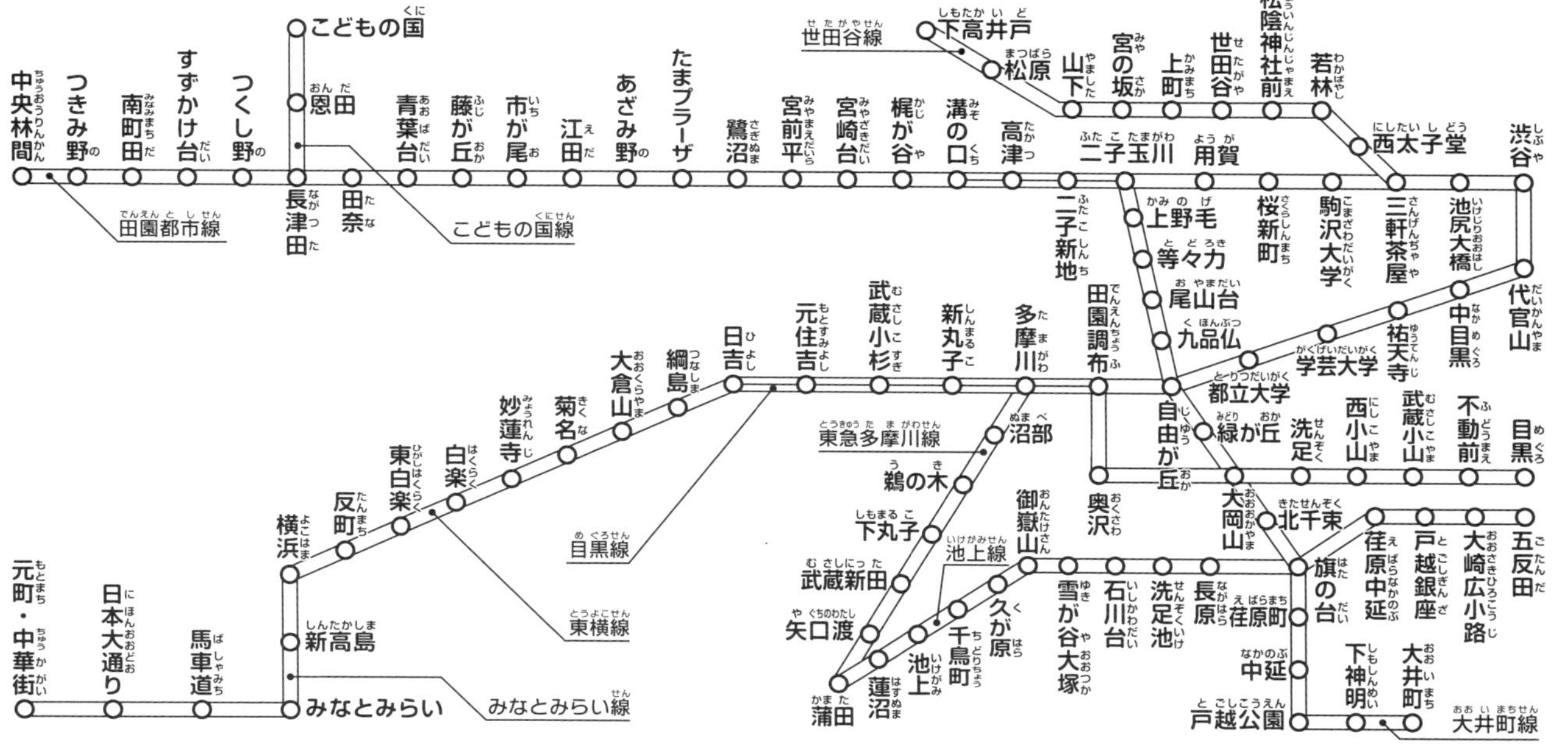

16 田園都市線《でんえんとしせん》
渋谷《しぶや》【16:29発《はつ》】
↓
三軒茶屋《さんげんぢゃや》【16:34着《ちゃく》】
13 東横線《とうよこせん》
祐天寺《ゆうてんじ》【14:32発《はつ》】
↓
自由《じゆう》が丘《おか》【14:37着《ちゃく》】
鉄道《てつどう》模型《もけい》が運《はこ》ぶ
カレーに大興奮《だいこうふん》!!
下高井戸《しもたかいど》
ばあちゃんに
無事《ぶじ》届《とど》けた
9 池上線《いけがみせん》
旗《はた》の台《だい》【11:28発《はつ》】
↓
五反田《ごたんだ》【11:35着《ちゃく》】
渋谷《しぶや》
宮《みや》の坂《さか》
祐天寺《ゆうてんじ》
三軒茶屋《さんげんぢゃや》
目黒《めぐろ》
五反田《ごたんだ》
四階《かい》の高《たか》さの
駅《えき》にびっくり!
二子玉川《ふたこたまがわ》
九品仏《くほんぶつ》
自由《じゆう》が丘《おか》
大岡山《おおおかやま》
下神明《しもしんめい》
大井町《おおいまち》
等々力《とどろき》
旗《はた》の台《だい》
田園調布《でんえんちょうふ》
多摩川《たまがわ》
トリプルクロス
に夢中《むちゅう》!
7 大井町線《おおいまちせん》
下神明《しもしんめい》【11:14発《はつ》】
↓
大井町《おおいまち》【11:16着《ちゃく》】
出入口《でいりぐち》の
前《まえ》に踏切《ふみきり》!
渓谷《けいこく》にびっくり!!
蒲田《かまた》
日吉《ひよし》
どら焼《や》き入手《にゅうしゅ》!
おばあちゃんの
昔《むかし》の出来事《できごと》を知《し》る
11 東急多摩川線《とうきゅうたまがわせん》
蒲田《かまた》【13:00発《はつ》】
↓
多摩川《たまがわ》【13:11着《ちゃく》】
8 大井町線《おおいまちせん》
大井町《おおいまち》【11:18発《はつ》】
↓
旗《はた》の台《だい》【11:22着《ちゃく》】
6 大井町線《おおいまちせん》
九品仏《くほんぶつ》【10:35発《はつ》】
↓
下神明《しもしんめい》【10:49着《ちゃく》】
おじいさんから
時計《とけい》のペンダントを
受《う》け取《と》る
浜
10 池上線《いけがみせん》
五反田《ごたんだ》【12:00発《はつ》】
↓
蒲田《かまた》【12:23着《ちゃく》】
元町《もとまち》・中華街《ちゅうかがい》

【詳細《しょうさい》ルート】

目指《めざ》せ！
東急全線《とうきゅうぜんせん》、
一日乗《いちにちの》りつぶし！

これ一枚《いちまい》で、東急線全線《とうきゅうせんぜんせん》が
1日乗《にちの》り降《お》り自由《じゆう》！
おトクで便利《べんり》な一枚《いちまい》！

1 横浜線《よこはません》
橋本《はしもと》【8:11発《はっ》】
↓
町田《まちだ》【8:26着《ちゃく》】

2 小田急線《おだきゅうせん》
町田《まちだ》【8:37発《はっ》】
↓
中央林間《ちゅうおうりんかん》【8:43着《ちゃく》】

3 田園都市線急行《でんえんとしせんきゅうこう》
中央林間《ちゅうおうりんかん》【9:06発《はっ》】
↓
溝《みぞ》の口《くち》【9:28着《ちゃく》】

4 大井町線《おおいまちせん》
溝《みぞ》の口《くち》【9:34発《はっ》】
↓
等々力《とどろき》【9:41着《ちゃく》】

5 大井町線《おおいまちせん》
等々力《とどろき》【10:06発《はっ》】
↓
九品仏《くほんぶつ》【10:09着《ちゃく》】

12 東横線《とうよこせん》
多摩川《たまがわ》【13:16発《はっ》】
↓
祐天寺《ゆうてんじ》【13:26着《ちゃく》】

14 東横線急行《とうよこせんきゅうこう》→みなとみらい線《せん》
自由《じゆう》が丘《おか》【14:39発《はっ》】
↓
元町《もとまち》・中華街《ちゅうかがい》【15:08着《ちゃく》】

15 みなとみらい線《せん》→東横線急行《とうよこせんきゅうこう》
元町《もとまち》・中華街《ちゅうかがい》【15:40発《はっ》】
↓
渋谷《しぶや》【16:20着《ちゃく》】

17 世田谷線《せたがやせん》
三軒茶屋《さんげんぢゃや》【16:42発《はっ》】
↓
宮《みや》の坂《さか》【16:52着《ちゃく》】

車掌《しゃしょう》さん専用《せんよう》のホーム！

七海《ななみ》ちゃんと合流《ごうりゅう》

あとがき

さて、関東《かんとう》の大手私鉄《おおてしてつ》「東急編《とうきゅうへん》」だったけど、どうだったかな？　東急《とうきゅう》では全線《ぜんせん》一日乗《にちの》り放題《ほうだい》のきっぷ『東急《とうきゅう》ワンデーオープンチケット』が小学生《しょうがくせい》なら、たったの三三〇円《えん》だから、みんなも自分《じぶん》だけのコースを考《かんが》えて乗《の》りまくってみてね。ちなみにこういうきっぷは、きっとみんなの近《ちか》くの鉄道会社《てつどうがいしゃ》でもあると思《おも》うから調《しら》べてみてね。

巻末《かんまつ》には大樹《たいき》が作《つく》ってきていた「乗《の》りつぶしマップ」が付《つ》いているよ。この本《ほん》を持《も》ちながら東急《とうきゅう》に乗《の》り、通《とお》った路線《ろせん》を蛍光《けいこう》ペンで塗《ぬ》りつぶしながら行《い》くと、とっても楽《たの》しいよ。

そして、みらい文庫《ぶんこ》のホームページ（http://miraibunko.jp）では各作品《かくさくひん》が紹介《しょうかい》されているんだけど、そこには感想《かんそう》を書《か》けるようになっているよ。僕《ぼく》はいつもそこを読《よ》んでいるから、みんなも読《よ》み終《お》わったら感想《かんそう》や雄太《ゆうた》たちに来《き》てほしい路線《ろせん》、雄太《ゆうた》たちへの応援《おうえん》メッセージを書《か》きこんでね〜。

では、次回《じかい》の『電車《でんしゃ》で行《い》こう！』をお楽《たの》しみに！

集英社みらい文庫

電車《でんしゃ》で行《い》こう！

目指《めざ》せ！ 東急全線《とうきゅうぜんせん》、一日《いちにち》乗《の》りつぶし！

豊田《とよだ》 巧《たくみ》 作
裕龍《ゆうりゅう》ながれ 絵

ファンレターのあて先
〒101-8050 東京都千代田区一ツ橋2-5-10 集英社みらい文庫編集部
いただいたお便りは編集部から先生におわたしいたします。

2018年10月31日 第1刷発行
2025年 2月25日 第3刷発行

発行者 今井孝昭
発行所 株式会社 集英社
〒101-8050 東京都千代田区一ツ橋2-5-10
電話 編集部 03-3230-6246
読者係 03-3230-6080
販売部 03-3230-6393（書店専用）
https://miraibunko.jp
装丁 高橋俊之（ragtime） 中島由佳理
編集協力 五十嵐佳子
印刷 TOPPAN株式会社
製本 TOPPAN株式会社

★この作品はフィクションです。実在の人物・団体・事件などにはいっさい関係ありません。

ISBN978-4-08-321462-2 C8293 N.D.C.913 186P 18cm
©Toyoda Takumi Yuuryu Nagare Igarashi Keiko 2018 Printed in Japan

定価はカバーに表示してあります。造本には十分注意しておりますが、印刷・製本など製造上の不備がありましたら、お手数ですが小社「読者係」までご連絡ください。古書店、フリマアプリ、オークションサイト等で入手されたものは対応いたしかねますのでご了承ください。なお、本書の一部、あるいは全部を無断で複写（コピー）、複製することは、法律で認められた場合を除き、著作権の侵害となります。また、業者など、読者本人以外による本書のデジタル化は、いかなる場合でも一切認められませんのでご注意ください。

※作品中の鉄道および電車の情報は2018年9月のものを参考にしています。
電車で行こう！ 公式サイトはこちら!! http://www.denshadeiko.com

テーマ別《べつ》おすすめエピソード

旅《たび》

東京《とうきょう》から山口《やまぐち》まで長距離《ちょうきょり》旅《たび》

第《だい》7弾《だん》 青春《せいしゅん》18きっぷ・1000キロの旅《たび》

撮影《さつえい》された場所《ばしょ》を探《さが》し出《だ》せ!

第《だい》2弾《だん》 60円《えん》で関東一周《かんとういっしゅう》

新幹線《しんかんせん》にも乗《の》れちゃう!?

第《だい》24弾《だん》 80円《えん》で関西一周《かんさいいっしゅう》!! 駅弁《えきべん》食《く》いだおれ463.9km《キロメートル》!!!

鉄道《てつどう》ファンなら一度《いちど》はしてみたい!

第《だい》36弾《だん》 対決《たいけつ》! 日本列島大縦断《にほんれっとうだいじゅうだん》!! 全新幹線《ぜんしんかんせん》を乗《の》り継《つ》げ

恋《こい》

大樹《たいき》の大事《だいじ》な人《ひと》って……?

第《だい》16弾《だん》 北陸新幹線《ほくりくしんかんせん》とアルペンルートで、極秘《ごくひ》の大脱出《だいだっしゅつ》!

さくらvs《バーサス》七海《ななみ》!? 恋《こい》のバトル宣戦布告《せんせんふこく》!!

第《だい》26弾《だん》 目指《めざ》せ! 東急全線《とうきゅうぜんせん》、一日《いちにち》乗《の》りつぶし!

上田《うえだ》とのぞみが急接近《きゅうせっきん》!?

第《だい》37弾《だん》 フリーきっぷで乗《の》りたおせ! 名鉄《めいてつ》ナゾ駅《えき》ツアー

遠藤《えんどう》さんが佐川《さがわ》さんに告白《こくはく》!?

第《だい》29弾《だん》 西武鉄道《せいぶてつどう》コネクション! 52席《せき》の至福《しふく》を追《お》え!!

キミはどこから読《よ》む?

電車《でんしゃ》で行《い》こう! ボイスドラマ好評《こうひょう》配信中《はいしんちゅう》!!

聞《き》いてみてね

何度《なんど》読《よ》んでも胸《むね》がアツくなる
超人気《ちょうにんき》まんが
ジャンプコミックス
ハイキュー!!
全《ぜん》45巻《かん》
古舘春一《ふるだてはるいち》
絶賛発売中《ぜっさんはつばいちゅう》!!
JUMP COMICS
MSBY
ハイキュー!!
挑戦者たち 45
古舘春一
誰《だれ》よりも長《なが》く〝勝《か》って〟コートに立《た》っていたい——!!
中学生《ちゅうがくせい》のころバレーボールで苦《にが》い思《おも》いをした日向《ひなた》と影山《かげやま》が出会《であ》ったとき名《めい》コンビが誕生《たんじょう》する!!
お前《まえ》
………
もうベンチ下《さ》がれ
…スパイカーの前《まえ》の壁《かべ》を切《き》り開《ひら》く…
その為《ため》のセッターだ
おれにトス、
持《も》って来《こ》い!!!
「最強《さいきょう》の敵《てき》」が今度《こんど》は「最強《さいきょう》の味方《みかた》」に!!!

ハイキュー!!
まんがノベライズ
烏《からす》野《の》高校《こうこう》バレーボール部《ぶ》、始動《しどう》

古舘春一《ふるだてはるいち》・原作《げんさく》／絵《え》　五十嵐美怜《いがらしみさと》・著《ちょ》

大好評《だいこうひょう》
発売中《はつばいちゅう》!!

★カラー口絵《くちえ》4ページ！

★さし絵《え》もたっぷり!!

第《だい》2弾《だん》は初夏《しょか》ごろ発売予定《はつばいよてい》!!

こちらもオススメ　『ハイキュー!!』がもっとおもしろくなる!!

ハイキュー!! ショーセツバン!!
①～⑬巻《かん》
原作《げんさく》:古舘春一《ふるだてはるいち》　小説《しょうせつ》:星 希代子《ほしきよこ》

劇場版総集編《げきじょうばんそうしゅうへん》　ハイキュー!!
①～④巻《かん》
原作《げんさく》:古舘春一《ふるだてはるいち》　小説《しょうせつ》:吉成郁子《よしなりいくこ》

劇場版《げきじょうばん》ハイキュー!!
ゴミ捨《す》て場《ば》の決戦《けっせん》
原作《げんさく》:古舘春一《ふるだてはるいち》　小説《しょうせつ》:誉司《よし》アンリ

JUMP j BOOKS

他《ほか》にも公式《こうしき》ガイドブックやカラーイラスト集《しゅう》など関連書籍《かんれんしょせき》も発売中《はつばいちゅう》!!

「みらい文庫《ぶんこ》」読者《どくしゃ》のみなさんへ

言葉《ことば》を学《まな》ぶ、感性《かんせい》を磨《みが》く、創造力《そうぞうりょく》を育《はぐく》む……、読書《どくしょ》は「人間力《にんげんりょく》」を高《たか》めるために欠《か》かせません。たった一枚《いちまい》のページをめくる向《む》こう側《がわ》に、未知《みち》の世界《せかい》、ドキドキのみらいが無限《むげん》に広《ひろ》がっている。これこそが「本《ほん》」だけが持《も》っているパワーです。

学校《がっこう》の朝《あさ》の読書《どくしょ》に、休《やす》み時間《じかん》に、放課後《ほうかご》に……。いつでも、どこでも、すぐに続《つづ》きを読《よ》みたくなるような、魅力《みりょく》に溢《あふ》れる本《ほん》をたくさん揃《そろ》えていきたい。読書《どくしょ》がくれる、心《こころ》がきらきらしたり胸《むね》がきゅんとする瞬間《しゅんかん》を体験《たいけん》してほしい、楽《たの》しんでほしい。みらいの日本《にほん》、そして世界《せかい》を担《にな》うみなさんが、やがて大人《おとな》になった時《とき》、「読書《どくしょ》の魅力《みりょく》を初《はじ》めて知《し》った本《ほん》」「自分《じぶん》のおこづかいで初《はじ》めて買《か》った一冊《いっさつ》」と思《おも》い出《だ》してくれるような作品《さくひん》を一所懸命《いっしょけんめい》、大切《たいせつ》に創《つく》っていきたい。

そんないっぱいの想《おも》いを込《こ》めながら、作家《さっか》の先生方《せんせいがた》と一緒《いっしょ》に、私《わたし》たちは素敵《すてき》な本作《ほんづく》りを続《つづ》けていきます。「みらい文庫《ぶんこ》」は、無限《むげん》の宇宙《うちゅう》に浮《う》かぶ星《ほし》のように、夢《ゆめ》をたたえ輝《かがや》きながら、次々《つぎつぎ》と新《あたら》しく生《う》まれ続《つづ》けます。

本《ほん》を持《も》つ、その手《て》の中《なか》に、ドキドキするみらい――。

本《ほん》の宇宙《うちゅう》から、自分《じぶん》だけの健《すこ》やかな空想力《くうそうりょく》を育《そだ》て、〝みらいの星《ほし》〟をたくさん見《み》つけてください。

そして、大切《たいせつ》なこと、大切《たいせつ》な人《ひと》をきちんと守《まも》る、強《つよ》くて、やさしい大人《おとな》になってくれることを心《こころ》から願《ねが》っています。

2011年《ねん》　春《はる》

集英社《しゅうえいしゃ》みらい文庫《ぶんこ》編集部《へんしゅうぶ》